Anja Wenzek-Grüneberg

AF209044

Das Regenbogenkind

Die Geschichte einer Auslandsadoption

Das Buch

Für das, über lange Jahre, ungewollt kinderlose Ehepaar Änne und Peter bietet sich die Chance, ein Kind aus einem ukrainischen Heim zu adoptieren. Nach dem langwierigen Papierkrieg ist es endlich soweit und sie fliegen nach Kiew, um von dort in einem alten Zug 20 Stunden durch das Land nach Mariupol auf die Krim zu fahren. Sie lernen im dortigen Kinderheim ihren Sohn kennen und lieben.
Nach knapp drei Wochen kehren sie überglücklich nach Deutschland zurück.
Kurz darauf stellt der Kinderarzt fest, dass ihr Kind an Hepatitis B erkrankt ist...

Die Autorin

Anja Wenzek-Grüneberg, 1965 in Alfeld (Leine) in Niedersachen geboren, lebt mit ihrer Familie in Breidenbach (Kreis Marburg/Biedenkopf) in Hessen.
Das Buch entstand auf der Grundlage ihres in der Ukraine geführten Tagebuches.

Danke

Ohne die Hilfe zahlreicher Personen wäre dieses Buch nie erschienen.

Besonderen Dank möchte ich der Frau aussprechen, die mit persönlichem Einsatz entscheidend dazu beigetragen hat, dass wir eine „richtige" Familie geworden sind. Danke Nina.

Ebenfalls danken möchte ich Heinz Linke, der als Lektor mein Erstlingswerk begutachtet, korrigiert und für gut befunden hat. Danke Heinz.

Danke auch an Kerstin Stippler sowie Petra und Anna Blöcher für ihre wertvollen Tipps.

Schließlich möchte ich meinem Mann, meinem Sohn, meinen Eltern und meiner Schwester Katja danken.

Sie haben die Grundlage für dieses Buch geschaffen.

Danke euch allen.

Bibliografische Information Der Deutschen Bibliothek:
Die Deutsche Bibliothek verzeichnet diese Publikation in der
Deutschen Nationalbibliografie; detaillierte bibliografische
Daten sind im Internet über <http://dnb.ddb.de> abrufbar.

© 2005 by Anja Wenzek-Grüneberg
1. Auflage

Umschlaggestaltung: Wilfried Grüneberg
Herstellung und Verlag: Books on Demand GmbH,
Norderstedt
Printed in Germany
ISBN 3-8334-3201-2

Die Entscheidung

Peter und Udo standen - mit einem Bier in der Hand - am Grill, während ihre Frauen Änne und Conny unter der Pergola saßen und sich unterhielten.

„Ja, und wie ist es mit einer Auslandsadoption?" fragte Udos Frau Conny. Sie sah ihre beste Freundin Änne an. „Wenn es schon in Deutschland kein Kind für euch gibt, kommt dann nicht auch für auch das Ausland in Frage?" Änne schluckte. ‚Jetzt bloß nichts Falsches sagen' dachte sie, ‚sonst denken die zwei bestimmt, wir wären ausländerfeindlich.'

„Na ja," sagte sie nachdenklich, „man hat uns im Jugendamt schon vor längerer Zeit darauf aufmerksam gemacht, dass die Möglichkeit besteht ein Kind aus Kenia, Mexiko oder Vietnam zu adoptieren. Wir haben lange darüber nachgedacht und uns dann dagegen entschieden. Wir denken, dass ein Kind, das adoptiert ist, es sowieso schon schwerer hat als leibliche Kinder. Es muss sich mit Sprüchen wie: „Du bist ja nur adoptiert" oder „Du warst ja gar nicht im Bauch von deiner Mutter" herumschlagen. Vielleicht sagt dein Kind auch irgendwann zu dir: „Du bist nicht meine richtige Mutter, du hast mir gar nichts zu sagen."

Änne nahm ihr Glas Wein und trank einen großen Schluck. „Das sind Situationen, mit denen man sicherlich konfrontiert wird. Und wenn das Kind dazu noch schwarz ist und offensichtlich kein leibliches Kind der Familie ist, kann das unter Umständen für beide Seiten noch belastender sein. Außerdem - ein schwarzes Kind im ausländerfeindlichen Deutschland aufzuziehen – nein, das trauen wir uns nicht zu."
Conny blinzelte durch ihre Sonnenbrille: „Es gibt aber auch noch andere Länder, in denen die Kinder nicht sehr viel anders aussehen als wir.
Ich habe vor kurzem eine Fernsehreportage bei Stern-TV gesehen, in der gezeigt wurde, wie viele Waisenkinder es in den Heimen im Kosovo gibt.

Das sind zum Teil Kinder von Frauen, die im Krieg von den Serben vergewaltigt worden sind oder die die Kinder einfach nicht ernähren können und deshalb weggeben müssten. Sie hoffen alle, dass sie irgendwann in eine Familie kommen, wo es ihnen gut geht." „Ja," seufzte Änne, „es ist schon schrecklich, wie viele Kinder ohne ein Zuhause sind. Wenn man auf der anderen Seite sieht wie viele Paare hier in Deutschland sich ein Kind wünschen – das ist schon fatal. Na ja, ich kann ja morgen mal bei Stern-TV anrufen und nachfragen, denn ein Kind aus einem europäischen Land kommt auf jeden Fall für uns in Frage."

Frustriert legte sie am darauf folgenden Nachmittag den Telefonhörer auf. Das war jetzt das sechste erfolglose Gespräch, das sie in Sachen Kosovo geführt hatte. Über Stern-TV und Kinderberg-e.V. bis hin zum internationalen Sozialdienst in Frankfurt hatte sie jetzt einmal quer durch Deutschland telefoniert und war unzählige Male verbunden worden. Das Resultat war niederschmetternd, denn für eine mögliche Auslandsadoption von Kindern aus dem Kosovo gab es keine gesetzliche Grundlage. Die freundliche Dame am Telefon hatte ihr lediglich Kenia und Mexiko vorgeschlagen. Wie deprimierend!

Änne seufzte tief und dachte: ‚Jetzt rufe ich mal bei unserem zuständigen Jugendamt an, bevor ich das Thema Kinder für uns komplett abhake' und wählte die Nummer, die sie sich vorher aus dem Telefonbuch herausgesucht hatte.
„Etzel-Scholz," hörte sie plötzlich.
„Ja, guten Tag Frau Etzel-Scholz, mein Name ist Änne Weissenburg," begann sie zu erklären.
„Mein Mann und ich haben uns bei Ihnen für eine Adoption beworben und ich wollte gerne mal wissen, ob für uns noch eine Chance besteht, in Deutschland ein Kind zu adoptieren? Wir warten jetzt schon ungefähr sechs Jahre, und bisher hat sich nichts getan."
„Hallo Frau Weissenburg," antwortete eine sympathische Frauenstimme mit etwas Akzent, den Änne nicht einordnen konnte.

„Ich weiß, ihre Akte ist schon seit langem hier im Archiv. Eine deutsche Adoption ist auch wirklich sehr schwierig. Über unser Jugendamt wird im Jahr höchstens ein Kind vermittelt. Die Chancen sind seit Jahren sehr schlecht." „Oh", sagte Änne leise, „das ist wirklich immer wieder demotivierend. Ich habe heute schon einmal durch die ganze Bundesrepublik telefoniert, weil mir jemand erzählt hat, dass man im Kosovo Kinder adoptieren kann. Ich wurde zwischenzeitlich aber eines Besseren belehrt." „Haben sie denn Interesse an einem Kind aus einem anderen Land?" wollte die Dame vom Jugendamt wissen. „Das kommt auf das Land an. Aus unseren Bewerbungsunterlagen geht hervor, dass wir auch an einem Kind aus den benachbarten Ländern interessiert wären, aber bisher hat sich niemand diesbezüglich bei uns gemeldet," antwortete Änne etwas irritiert. „Gibt es denn Länder aus denen sie Kinder vermitteln?" „Ja," kam prompt die Bestätigung, „es gibt eine Verbindung von uns in die Ukraine. Wir haben eine Kontaktperson in Kiew, die schon einigen Familien hier aus dem Landkreis zu Kindern von dort verholfen hat. Und ich kann Ihnen soviel sagen: Die Kinder sind wirklich süß und fit und sie passen hervorragend zu den jeweiligen Eltern."

Ännes Herz begann mit einem Mal heftig zu schlagen. ‚Sollte dies eine Chance sein?'
Ukraine – wo war das eigentlich genau?' überlegte sie dann.
'Es ist auf jeden Fall ein russisches Land.' beantwortete sie sich ihre Frage selbst. 'Ja, das könnte schon passen, denn die Russen sind uns schon sehr ähnlich.'
„Wie gesagt, es gibt ein paar Familien, die schon Kinder von dort adoptiert haben,' sagte Frau Etzel-Scholz in ihre Gedanken hinein. „Einige dieser Paare haben sich bereiterklärt, anderen Familien, die sich mit dem Gedanken tragen dorthin zu fliegen um ein Kind zu adoptieren, zu helfen und sie zu informieren."
„Das hört sich wirklich interessant an," antwortete Änne, „würden sie mir die Adresse beziehungsweise die Telefonnummer eines Paares in unserer Nähe nennen?"

„Ja, ich muss gerade mal schauen, einen kleinen Moment" sagte die Sozialarbeiterin und Änne hörte, wie sie den Hörer auf den Schreibtisch legte. Nach kurzer Zeit war sie wieder am Apparat und gab Änne den Namen und die Telefonnummer des Paares.

„Herr und Frau Wenkbach sind sehr nette Leute," sagte Frau Etzel-Scholz, „sie haben einen vierjährigen Jungen adoptiert, mit dem sie seit acht Wochen wieder zurück in Deutschland sind."

Änne schrieb sich alles genau auf bedankte sich und wählte sofort die Nummer von Peters Büro.

„Stell' Dir vor," die Worte sprudelten nur so aus ihr heraus, „es gibt über das Jugendamt eine Möglichkeit in der Ukraine Kinder zu adoptieren. Ich habe von der Sozialarbeiterin eine Adresse von Leuten, die dort waren und einen vierjährigen Jungen adoptiert haben. Die können wir besuchen, uns das Kind und die Bilder von dort anschauen und uns ihre Geschichte, die sie erlebt haben anhören. Was hältst du davon?"

Peter atmete tief ein. Er war ein skeptischer Mensch, der immer sehr rationell an eine neue Sache heranging.

Dem entsprechend war auch seine Reaktion: „Ich weiß nicht, lass uns nachher zu Hause darüber reden, o.k.?"

Enttäuscht legte Änne den Telefonhörer auf.

Als Peter aus dem Büro nach Hause kam, saß sie am Wohnzimmertisch mit einem aufgeschlagenen Atlas vor sich und studierte ein für sie völlig fremdes Land – die Ukraine.

„Guck mal, da ist Kiew," sagte sie zu Peter, der ihr über die Schulter sah. „das ist die Hauptstadt."

„Ja," antwortete er, „ich weiß – und da," er zeigte auf einen kleinen Punkt oberhalb von Kiew, „ da ist Tschernobyl. Das ist ganz in der Nähe. Meinst du nicht, dass die Kinder alle verstrahlt sind?"

Änne sah ihn erschrocken an. „Daran habe ich noch gar nicht gedacht. Das ist ja wirklich ganz in der Nähe. Aber das ist doch schon so lange her. Bestimmt zehn Jahre, oder?"

„Das ist sogar noch länger her," klärte Peter sie auf, „aber das heißt nicht, dass die Gebiete nicht mehr verstrahlt sind.

Die Leute dort sind alle geschädigt und das hat sich auch auf die Erbsubstanz ausgewirkt. Stell Dir vor, du hast ein Kind, das schwer krank ist – das wäre doch furchtbar, oder?" Änne sank in sich zusammen. Die Chance, die schon so greifbar nahe gewesen war, schien wie eine Seifenblase zu zerplatzen. „Aber," sagte sie plötzlich, „die Giftgaswolke ging doch in Richtung Deutschland. Dann sind doch die meisten ukrainischen Gebiete überhaupt nicht davon betroffen, oder?" „Das stimmt," musste Peter ihr Recht geben. „Na ja, wir vergeben uns ja nichts, wenn wir mal mit dem Ehepaar reden, das das Kind adoptiert hat. Ruf' ruhig mal an und mach' einen Termin, aber denk' dran, dass ich am Donnerstag Abend nicht kann, o.k.?"

Änne war ganz seltsam zumute, als sie die Nummer von Familie Wenkbach wählte. Mit einer freundlichen Frau, die zwischendurch immer mal wieder ein paar Worte zu ihrem Kind sagte, das darauf bestand auch telefonieren zu wollen, vereinbarte sie einen Termin in der nächsten Woche. Es war ein Freitag, an dem sie sich gegen Abend auf den Weg machten. Weit war der Weg nicht, denn die Wenkbachs wohnten nur einige Orte weiter. Vor einem neu gebauten schönen Haus mit einer langen Einfahrt blieben sie stehen. „Das ist es," sagte Änne aufgeregt. „Der Eingang ist da oben." Schon war sie aus dem Auto gesprungen. Es dauerte ihr viel zu lange bis Peter das Auto richtig geparkt hatte und endlich ausstieg. Doch sie bezähmte ihre Ungeduld und wartete bis Peter ausgestiegen war. Gemeinsam gingen sie den Schotterweg zur Haustür entlang und klingelten.

Eine junge Frau mit mittelblonden Locken öffnete ihnen. Dahinter konnten sie einen kleinen Jungen erkennen. Neugierig sahen sie ihn an. „Hallo," sagte Änne zu ihm, „wir sind Änne und Peter und wie heißt du?" Der Junge sah sie groß an. Es war ein hübsches Kind mit dunkelblondem Haar und wunderschönen großen Augen. ‚Der würde mir auch gefallen,' dachte Änne spontan und lächelte ihn an. Sie suchte Peters Blick, doch auch er beobachtete den kleinen Mann interessiert.

Die junge Frau streckte die Hand aus, begrüßte beide und bat sie herein. „Er heißt Juri," sagte sie und sah ihren Adoptivsohn liebevoll an.

Nachdem sie für die beiden etwas zu trinken besorgt hatte, holte sie Fotos herbei und gab sie mit den jeweiligen Erklärungen zum Bild an Änne und Peter weiter. Sie sahen Bilder mit tristen Wohngegenden, Häuser mit kaputten Fenstern, ärmlich gekleidete Kinder und Kinderfrauen mit weißen Hüten auf dem Kopf.

Vor diesem Besuch hatten Änne und Peter keine genaue Vorstellung von dem, was sie erwarten würde. Aber diese Bilder bewegten sie tief. Mit Tränen in den Augen sahen sie die Fotos der vielen Kinder. Es waren wunderschöne Kinder, und am liebsten hätten sie sofort das eine oder andere Kind für sich gehabt. Besonders gefiel ihnen ein Bild mit einem kleinen vierjährigen Mädchen, das mit großen traurigen Augen in die Kamera blickte.

So viele Fragen hatten sie an die Wenkbachs über den Aufenthalt in der Ukraine und die Adoption des kleinen Juri. Ausführlich erzählten die Eheleute wie der Weg war, was zu beachten war, welche Papiere gebraucht würden und was sie dort drüben erlebt hatten.
Sie erzählten von Land und Leuten, die freundlich, aber bitterarm waren. Von Heimen, die kaum Geld hatten, die ganzen Kinder zu ernähren und von Ämtern und Behörden, die mit unseren nicht zu vergleichen waren.
Sie sprachen von der Kälte, die sie während ihres Aufenthaltes im Februar überstehen mussten, von der Deutschen Botschaft, wo unzählige Ukrainer darauf warteten ein Visum nach Deutschland zu bekommen und von den Kinderschicksalen, die sie so sehr berührt hatten. Und sie erzählten von Lilia, der Kontaktperson, von der auch schon Frau Etzel-Scholz erzählt hatte.
Sie würde, so erklärten Wenkbachs, den Paaren während des Aufenthaltes in der Ukraine in allen Adoptionsfragen zur Seite stehen, die Behörden mit ihnen besuchen und ihnen auch sonst mit Rat und Tat zur Seite stehen.

Änne hatte sich einige Notizen gemacht und schrieb sich nun die Telefonnummer von Lilia auf. „Und dort kann ich einfach anrufen?" fragte sie. „Das ist kein Problem," antwortete ihr Manuela Wenkbach. „Lilia ist sehr nett. Wenn ihr euch dazu entschlossen habt zu adoptieren und die nötigen Papiere vorbereitet, dann könnt ihr mit ihr schon Kontakt aufnehmen. Das ist wichtig, damit sie weiß, dass eure Papiere irgendwann im Adoptionszentrum in Kiew eingehen. Hier habt ihr auch die Liste mit den nötigen Papieren." Sie gab Änne einen Din-A4-Zettel, auf dem alle Papiere standen, die man für die Auslandsadoption benötigte. „Au weia," sagte Änne, „das ist ja Wahnsinn, was man da alles braucht. Führungszeugnis, Verdienstbescheinigung, Internationale Heiratsurkunde etc.. Und dann müssen die alle noch beglaubigt und überbeglaubigt werden. Das ist ja richtig kompliziert."

„Ja, aber erst mal besorgt ihr nur die Originale," beruhigte sie Manuela. „Dann treffen wir uns wieder und sagen euch wie es dann damit weitergeht, o.k.?"

„Alles klar," antwortete Peter und ihm schwirrte der Kopf. Das war ja schlimmer als die Steuererklärung, die er jedes Jahr machte.

Nachdem sie sich bedankt und verabschiedet hatten, gingen sie wieder den steinigen Weg zu Auto zurück. Die Sterne strahlten am klaren Himmel und Änne sah nach oben. Sie konnte vor Aufregung kaum atmen und nahm Peters Hand.

Als sie im Auto saßen sagte sie leise: „Ob das unsere Chance ist, endlich eine richtige Familie zu werden?"

Bis Montag musste sie sich noch gedulden, bis sie im Jugendamt anrufen konnte. Total begeistert berichtete sie Frau Etzel-Scholz von dem Besuch am Freitag und bat um die Adresse der anderen Adoptivfamilie, die bereit waren ihre persönliche Geschichte zu erzählen. Familie Erhardt wohnte etwa 50 km entfernt.

Schon am nächsten Wochenende waren sie dorthin unterwegs. „Ich bin mir einfach nicht sicher, ob das der richtige Weg ist," sagte Peter, als sie im Auto saßen.

„Wovor hast du bloß solche Angst?" fragte Änne, „wie kann man nur immer so skeptisch sein? Bei allen anderen ist es doch auch gut gegangen. Alle haben gute Erfahrungen gemacht, hat Frau Etzel-Scholz gesagt. Natürlich haben wir keine Garantie, dass wir ein Kind finden, das uns gefällt und zu uns passt. Aber es gibt in den Heimen dort drüben über 100.000 Kinder ohne Eltern. Da wird doch wohl für uns auch eines dabei sein, oder?"

„Ich habe einfach nur Angst, dass das Kind vielleicht krank ist," erwiderte Peter, „und dass wir dieser Situation nicht gewachsen sind. Und außerdem: weißt du eigentlich, was die ganze Aktion kostet? Das haben wir eigentlich nicht so einfach übrig."

„Ich weiß," sagte Änne. Sie sah aus dem Fenster und dachte: ,Wenn das das einzige Problem ist, dann müssen wir halt mal auf das eine oder andere verzichten.'

Der zweite Besuch war ebenso interessant und aufschlussreich wie das Treffen mit Wenkbachs.

Auch hier wurde ausführlich von dem Aufenthalt in der Ukraine erzählt, von einer langen unkomfortablen Bahnfahrt durch das Land, von Abenden im Hotel, die man bei Tütensuppen, Wein und Wodka verbrachte und wieder wurden viele Bilder gezeigt. Wieder sahen sie mit klopfendem Herzen Kinderbilder, und plötzlich war ihre Vorstellung von einem Kind nicht mehr ganz so abstrakt wie vorher.

Als sie zum Abschied im Flur standen und sich verabschiedeten, nahm Susanne Erhardt Änne in den Arm und sagte: „Wir sind so unsagbar glücklich mit unserer kleinen Familie und glaub mir, wenn wir diese Prozedur geschafft haben, dann schafft ihr das auch."

,Ja," sagte Änne später im Auto zu Peter,' das schaffen wir auch. Glaub mir, das ist unser Weg." Doch Peter war noch nicht so ganz überzeugt. Zwar hatten auch ihn die Bilder gerührt und auch er wünschte sich so sehr ein Kind, dass er versucht war Ännes Wunsch nachzugeben, aber er war der Finanzier der beiden und machte sich echte Sorgen, ob diese Aktion nicht ein zu großes Loch in ihr geplantes Bauvorhaben reißen würde.

Aber Änne wollte von diesem Thema gar nichts wissen. Sie war sich sicher: Dies war der einzige Weg zu einem Kind.

12

Mit Feuereifer studierte sie die Listen und die Aufzeichnungen und so ließ sich Peter zu einem Termin bei der zuständigen Sozialarbeiterin überreden.

Lilia

Zum Jugendamt mussten sie fast 50 Kilometer mit dem Auto fahren. Sie hatten Glück. Vor dem großen Gebäude fanden sie sofort einen passenden Parkplatz, was Änne als gutes Omen deutete. Während sie die breite Rampe bis zu der großen Glastür hinauf gingen, dachte sie an leuchtende Kinderaugen, die sie und Peter anstrahlten.

Im Amt war es ziemlich dunkel. Als sich ihre Augen an das Licht gewöhnt hatten, erblickten sie eine große Tafel, auf der auch der Name der Sozialarbeiterin stand. Zimmer 312 – also mussten sie zunächst ein paar Treppen steigen.

Auf dem Weg dorthin kamen sie an einer Tür vorbei, vor der unzählig ausländische Mitbürger saßen. Peter zeigte auf das Schild auf dem stand: ‚Asylanten bitte hier anmelden.'

„Unser Kind ist dann auch erst mal ein Asylant," sagte er dann.

„Das stimmt," antwortete Änne, „aber nur bis die Nachadoption durch ist."

Soviel hatten die beiden bei den Gesprächen mit den Familien schon erfahren, es war nicht mit dem Papierkrieg bis zur Abreise nach Kiew getan. Auch danach war noch einiges zu regeln.

Als sie Zimmer 312 betraten, waren sie etwas nervös. Sozialarbeiter wollten schließlich immer so viele Dinge wissen. Aber die Sorge war völlig unbegründet.

In einem kleinen gemütlichen Raum empfing sie eine hübsche dunkelhaarige Frau, die beim Lachen wunderschöne Grübchen auf ihren Wangen zeigte. An der Wand hingen Bilder von zwei entzückenden Kindern, die unschwer als ihre leiblichen Kinder zu erkennen waren.

Es wurde dies und das über den Werdegang von Änne und Peter gefragt und nach einer guten Stunde war Frau Etzel-Scholz der Meinung, dass es ein Kind bei ihnen wirklich gut hätte.

Sie machte ihnen große Hoffnung, dass sie nach einer Reise in die Ukraine mit einen Kind zurückkämen, denn bisher war noch kein Paar ohne Kind zurückgekommen.

14

Vielleicht würden es sogar zwei Kinder sein, denn den Adoptionsantrag hatten sie auf ihr Anraten hin auf ein bis zwei Kinder gestellt. Frau Etzel-Scholz hatte gemeint, es könne ja sein, dass ein Geschwisterpärchen frei wäre und die solle man dann nicht trennen - ja, der Meinung waren Peter und Änne auch. Änne und Peter verließen beschwingt und voller Hoffnung das Jugendamt und ein gutes Gefühl begleitete sie auf ihrem Weg nach Hause.

Als Änne am nächsten Tag aus dem Büro nach Hause kam, hörte sie schon im Treppenhaus, dass in ihrer Wohnung das Telefon klingelte. In großen Schritten, sprang sie zwei Stufen auf einmal, schloss schnell die Tür auf und riss den Hörer an sich. „Weissenburg!" keuchte sie.

„Wo habe ich dich denn jetzt hergeholt?" fragte eine weibliche Stimme, die ihr irgendwie bekannt vorkam. Aber im Moment stand sie etwas auf dem Schlauch.

„Wer ist denn da?" fragte sie deshalb etwas irritiert.

Die Frau am anderen Ende lachte. „Hier ist Manuela Wenkbach, ihr wart doch letzte Woche wegen der Adoption bei uns."

„Ja, stimmt, jetzt erkenne ich auch deine Stimme. Aber ich war gerade etwas überfordert, " scherzte Änne. „Ich hatte mich total beeilt ans Telefon zu kommen und da habe ich nicht gleich geschaltet."

„Weshalb ich anrufe," warf Manuela ein, „übernächstes Wochenende ist ein Treffen mit allen Adoptiveltern geplant. Es soll mit den Kindern auf einer kleinen Hütte im Wald stattfinden. Ich hoffe, ihr habt Zeit, denn auch Lilia wird da sein. Ihr Sohn wohnt in der Nähe von Hamburg und den hat sie besucht. Es ist sicherlich interessant, sie schon einmal kennen zu lernen, bevor ihr rüberfliegt."

„Das ist ja Klasse," sagte Änne atemlos vor Aufregung. „Wann soll die Veranstaltung denn losgehen?"

„Wir treffen uns dort so ab 14 Uhr und jeder bringt etwas mit. Könntest du vielleicht einen Kuchen backen?" fragte Manuela.

„Natürlich," entgegnete Änne. „Ich glaube ich mache einen Maulwurfkuchen, der ist echt lecker."

„Alles klar, dann sehen wir uns dort. Ich schicke dir ein Fax mit dem Anfahrtsweg, o.k.?"

„Ja," antwortete Änne. „Und vielen Dank für deinen Anruf. Bis übernächstes Wochenende dann. Tschüss."

Änne legte den Hörer auf und wählte sofort wieder neu. „Weissenburg," hörte sie Peter an ihrem Ohr.

„Stell Dir vor," spudelte sie hervor ohne sich zu melden. „Manuela Wenkbach hat mich gerade angerufen. Übernächstes Wochenende ist ein Treffen mit allen Adoptiveltern und Lilia wird auch da sein. Ist das nicht spannend? Dann können wir alle Kinder anschauen und uns von der Frau, mit der wir dort drüben die ganze Zeit zusammen sein werden, schon mal ein Bild machen. Ich bin ja echt neugierig, wie sie so ist."

„Das hört sich ja wirklich gut an," sagte Peter und seine Stimme klang etwas abgehetzt. „du, ich habe im Moment viel zu tun, erzähl mir nachher zu Hause alles, ja?"

„O.k., bis nachher, tschüss." Änne legte den Hörer auf und sah aus dem Fenster und dachte: ‚Was wohl noch alles auf uns zukommt?'

Pünktlich um 14 Uhr trafen Peter und Änne bei der Schutzhütte ein. An einem Feuer saßen einige Leute die sie nicht kannten. „Guck mal, da sind Erhardts" rief Änne aus.

Da sich diese aber gerade unterhielten, schauten sich Peter und Änne erst einmal um. „Alles fremde Gesichter. Wollen wir uns mit ans Feuer setzen?" fragte Änne.

„Von mir aus," stimmte ihr Peter zögernd zu. Er fühlte sich ein wenig fremd und unwohl in seiner Haut.

„Habt ihr schon adoptiert?" fragte eine blonde Frau, die ihnen am Feuer gegenüber saß.

„Nein," antwortete Änne, „ und ihr?"

„Wir haben die Papiere schon drüben und warten jetzt darauf, dass wir fliegen können."

‚Ach, wenn wir doch auch schon so weit wären' dachte Änne und sagte: „Wisst ihr schon ungefähr, wann es losgehen soll?"

„Wahrscheinlich wird es in circa 12 Wochen sein. Wir wollen heute mit Lilia sprechen. Vielleicht weiß sie heute schon mehr.

So wie sie uns bei unserem letzten Telefonat sagte, sind unsere Papiere alle in Ordnung. Allerdings war es bis dahin ein langer langer Weg. Es gab niemanden, den wir kannten, der uns bei den Papierenhelfen konnte. Immer wieder war mit den Papieren etwas nicht in Ordnung. Du kannst dir gar nicht vorstellen, wie viel Geld uns die unnötig beschafften Papiere gekostet haben. Allein bei der ukrainischen Botschaft haben wir das Zehnfache gezahlt als es hätte sein müssen. Wir hätten die Papiere zu einer Urkunde binden lassen und dann erst legalisieren lassen müssen. Aber hinterher ist man immer schlauer. Ich war geschlagene acht mal in der Botschaft. Die kannten mich schon, wenn ich dorthin kam." antwortete die Blonde. „Ich heiße übrigens Gabi und das ist mein Mann Frank." Änne schwirrte schon wieder der Kopf: ‚Meine Güte, war dieser ganze Papierkram wirklich zu bewältigen?'
„Ich heiße Änne und das ist mein Mann Peter. Wir fangen gerade erst an die Papiere zusammen zu stellen. Das hört sich ja alles abenteuerlich an – aber Familie Wenkbach ist so nett uns dabei zu helfen," antwortete Änne.
Sie sah zu Peter hinüber. Er unterhielt sich gerade mit einem rotblonden Mann, den sie nicht kannte. Er sah sympathisch aus.

Plötzlich fuhr ein Auto vor und es verbreitete sich mit einem Mal eine allgemeine Unruhe, die Änne zunächst nicht so richtig zuordnen konnte. Doch dann sah sie, dass aus dem Auto unter anderem eine Frau ausstieg, die aufgrund ihrer einfachen Kleidung als Osteuropäerin erkennbar war. Das musste Lilia sein.
Änne ging zu Peter. Der Rotblonde war zwischenzeitlich verschwunden. „Ob sie das ist?" fragte Änne.
„Ja," antwortete Peter. „Lass uns erst mal warten, bis sie alle, die sie kennen begrüßt hat. Vielleicht können wir dann auch ein paar Worte mit ihr reden. Sie sieht nett aus, findest du nicht auch?"
„Das finde ich auch," erwiderte Änne. Sie beobachteten die dunkelhaarige kleine Frau wie sie von allen umringt wurde und nacheinander die Kinder auf den Arm nahm. Sie hörte ihren harten russischen Akzent in ihren Worten: „Hallo Juri, kennst du mich noch?"

Juri Wenkbach sah Lilia mit großen Augen an und schmiegte sich dann an sie. Man merkte genau, dass ihre Begegnung noch nicht so lange her gewesen war.

Sofort ergriff Peter und Änne eine unglaubliche Zuneigung zu dieser zierlichen Frau. Sie sahen die Herzlichkeit und Wärme die sie in dem Umgang mit den Kindern hatte. Man merkte sofort, dass diese Familienzusammenführungen ihr Lebensinhalt waren.

Wie Lilia später einmal sagte, war sie immer erst zufrieden, wenn wieder eine Familie glücklich geworden war. Und sie würde alles dazu beitragen, dass dies Realität wurde. Doch dazu später mehr.

Langsam wurden Änne und Peter etwas lockerer. Sie lachten und scherzten mit den Kindern und hörten die verschiedensten Geschichten, wie die Familien zueinander gefunden hatten.

Einige waren in zwei oder drei Heimen gewesen und hatte unzählige Kinder gesehen, bis sie „ihr" Kind fanden, andere hatten nur ein Kind gesehen und sich sofort dafür entschieden.

Aber in einem Punkt ähnelten sich die Geschichten: In dem Moment, in dem die Eltern ihr Kind sahen wussten sie: „Das ist unser Kind".

Das konnten sich Änne und Peter nicht vorstellen, denn schließlich war man sich ja noch ganz fremd und ob man wirklich wusste, dass dieses Kind zu einem passt?

Vor dieser Entscheidung hatten sie irgendwie Angst und malten sich immer wieder aus, wie die Situation sein könnte.

Sie hörten von den anderen Familien, dass zunächst kranke Kinder vorgestellt würden. Erst wenn man dann sagte, man möchte ein gesundes Kind, würden gesunde Kinder gezeigt.

Trotzdem kam es auch vor, dass Krankheiten verschwiegen wurden – das war jedoch selten der Fall. Meistens wurde man von der Heimleitung über eventuell bestehende Krankheiten informiert, so dass man sich bewusst für oder gegen ein krankes Kind entscheiden konnte.

Dies war natürlich in Ausnahmefällen anders. Sie hörten von einer Mutter, die erzählte, wie schlecht es ihrem Kind ginge, das mit Hepatitis B infiziert war. Was das so genau war wusste Änne nicht. War das nicht eine Art Gelbsucht? Peter klärte sie auf: „Hepatitis gibt es in verschiedenen Formen. Form A kann man über verunreinigtes Essen bekommen und ist relativ harmlos.

Form B ist über Blut oder Geschlechtsverkehr ansteckend und kann einen komplizierten Verlauf nehmen, der im schlimmsten Fall zu einer Leberzirrhose führt. Und dann gibt es noch die Form C. Das ist die schlimmste Form von allen, denn gegen die kann man sich nicht impfen lassen und außerdem ist sie schwer therapierbar." „Woher weißt du dass denn alles?" fragte Änne erstaunt.

„Ich habe mal einen Bericht im Fernsehen darüber gesehen – also wir müssen unbedingt unseren Hausarzt fragen, ob wir uns gegen A und B impfen lassen sollten," antwortete Peter.

Was Änne und Peter am meisten an diesem Treffen beeindruckte, war, dass die Kinder jedes auf seine Art sehr gut zu den jeweiligen Adoptiveltern passte. Bei vielen Familien wären sie nie auf die Idee gekommen, dass es sich bei den Kindern nicht um leibliche Kinder handelte, denn die Ähnlichkeit war zum Teil verblüffend. Ob man sich instinktiv das Kind aussuchte, was einem ähnlich war?

Am nächsten Montag ging Änne zur Gemeinde und beantragte Peters Reisepass, da dieser abgelaufen war. Danach beantragte sie beim örtlichen Ordnungsamt die internationale Heiratskunde und ihre polizeilichen Führungszeugnisse. So langsam kam die Sache also ins Rollen. Familie Wenkbach hatte ihnen eine Liste mitgegeben auf der stand, was sie für Dokumente brauchten und Erhardts hatten über Exel ein Dokument entworfen, dass genau den Gang der Bearbeitung anzeigte. Zunächst musste das Originaldokument beschafft werden, dann musste es je nach Dokument beglaubigt werden und danach überbeglaubigt. Wer für die Beglaubigungen und Überbeglaubigungen zuständig war, ging ebenfalls aus der Liste hervor.

Das machte die ganze Angelegenheit etwas übersichtlicher – aber auch nur etwas.

Die nächsten Wochen verbrachte Änne, die sich überwiegend um den Papierkrieg kümmerte, damit, wegen verschiedener Bescheinigungen zum Gynäkologen, zum Hausarzt und zum Amtsarzt zu gehen. Sie führte Telefonate mit dem zuständigen Sozialarbeiter, der sich dann einige Wochen später wegen des Sozialberichts zu Besuch ankündigte.

Nach und nach flatterten die ersten Urkunden mit der Post ins Haus und wurden sorgfältig abgeheftet.

Die Akte mit den erforderlichen Dokumenten, Anschreiben und Notizen über die Adoption wurde zusehends dicker und dicker.

Als etwa sechs Wochen später alle Urkunden vorlagen, machte Änne ein neues Treffen mit Familie Wenkbach aus.

Die Sonne stand schon tief an dem knallblauen Himmel und würde in der nächsten halben Stunde untergehen. Dennoch war es noch sehr warm und es ging kaum ein Lüftchen.

So setzten sie sich in den Garten hinter eine Pergola und breiteten ihre Dokumente auf dem dort stehenden Tisch aus.

Kurze Zeit später war der ganzen Tisch vor ihnen war voll mit Papieren.

„Und wenn du dann beim Regierungspräsidenten gewesen bist,“ sagte Manuela gerade, „dann musst du nur noch nach Remagen zur Ukrainischen Botschaft. Vorne in dem Raum musst du dich als erstes in eine Liste eintragen. Diese Liste liegt dort aus und ist ganz ganz wichtig. Wenn du da nicht drauf stehst, wirst du auch nicht aufgerufen.“

Änne sah Manuela mit erhitzten Wangen an. Sie stellte sich einen Raum voller ukrainischer Landsleute vor, die sich laut in ihrer Muttersprache mit einander unterhielten. Sich selbst sah sie völlig verschüchtert dazwischen stehen.

„Und wenn ich aufgerufen werde?“ „Dann gehst du durch eine Glastür an den ersten Schalter links. Dort musst du die Legalisierung der Papiere beantragen. Bevor du die Papiere wiederkriegst, musst du jedoch zur Bank und den angeforderten Geldbetrag einzahlen.

Den Einzahlungsbeleg legst du dann dort vor und bekommst die Papiere. Wenn du Pech hast, musst du mit der Abholung bis nachmittags warten." „Egal," seufzte Änne, „Hauptsache ich habe die Papiere dann vollständig beglaubigt in meinen Händen. Meine Güte, ist das alles aufregend." Sie sah zu Juri hinüber, der gerade auf der Schaukel saß. Er war unbeschreiblich süß mit seinem gestreiften T-Shirt und der kurzen Jeans. Seine dunkelblonden Haare flogen im Wind und seine Augen blitzten. Man sah ihm an, wie gut es ihm ging und wie glücklich er war.

Nachdem sie alle Punkte durchgegangen waren, war Änne sehr verwirrt. Irgendwie war das mit dem Papieren noch komplizierter als es bisher den Anschein gehabt hatte. Sie zweifelte, ob sie alles richtig verstanden hatte. ‚Na ja', dachte sie sich, ‚zur Not kann ich ja immer noch mal anrufen und nachfragen.' „Magst du noch einen Schluck Wein?" fragte Manuela Peter. „Ja gerne," antwortete er.

Am darauf folgenden Wochenende waren sie bei Ännes Eltern, Stefan und Hanna, etwa dreihundert Kilometer entfernt wohnten, zu Besuch. Bisher hatten sie über ihre Adoptionsabsicht noch nicht mit ihnen gesprochen. „Mama, Papa, wir wollen euch etwas sagen," fing Änne an. Sie saßen gemeinsam im Wohnzimmer ihrer Eltern am großen Esstisch. Ihr Vater hatte eine Zeitung vor sich liegen, von der er nun aufschaute. „Es wird im nächsten Jahr eine Veränderung in unserem Leben geben, denn wir haben uns entschlossen, in die Ukraine zu fliegen und dort ein Kind zu adoptieren." Peter beobachtete seinen Schwiegervater genau. Wie würde er reagieren? „Wie? Habt ihr euch das auch genau überlegt? In der Nähe von Kiew ist schließlich Tschernobyl!" war sein erster Kommentar „Das ist richtig," stimmte Peter ihm zu. „Das war auch meine erste Überlegung. Doch wir haben uns inzwischen damit auseinander gesetzt.

Die Giftgaswolke ging in Richtung Westen also in Richtung Deutschland, so dass die meisten Teile der Ukraine von dem Unglück nicht betroffen waren. Wir wollen versuchen nicht in der Nähe von Kiew in ein Kinderheim zu kommen, sondern möglichst weit weg in Richtung Süden." „Das macht Sinn," sagte Ännes Vater Stefan. Er sah seine Frau Hanna an. Ihre Wangen hatten sich gerötet und man sah ihr an wie sehr sie diese Nachricht berührte. ,Ein Enkelkind, endlich ein Enkelkind', dachte sie bei sich und schaute aus dem Fenster, damit niemand sehen konnte, dass sich ihre Augen mit Tränen füllten.

Nach und nach erzählten Änne und Peter von ihrem Vorhaben. Stefan holte eine Atlas hervor und sie suchten das kleine russische Land, das für sie plötzlich so viel an Bedeutung gewann.

„Habt ihr euch schon einen Namen überlegt?" fragte Hanna.

„Mein Lieblings-Jungenname ist Philipp."

„Nein," warf Änne sofort ein, „Philipp erinnert mich immer an den Zappelphilipp aus dem Struwelpeter. Den Namen mag ich überhaupt nicht. Wenn es ein Mädchen ist, soll sie Pia oder Lara heißen und wenn es ein Junge ist Nico oder Alexander."

Es gab viel zu erzählen. Lange saßen die vier noch zusammen und redeten sich die Köpfe heiß. Es wurde spekuliert, gehofft und gebangt, was alles auf sie zukommen würde.

Papiere

Zwei Tage lang hatte Änne für den hohen Besuch vom Jugendamt aufgeräumt, staubgesaugt, gewischt, Fenster geputzt, Gardinen gewaschen und und und. Sie hatte die wildesten Geschichten gehört von solchen Besuchen, bei denen die Sozialarbeiter ohne vorherige Ankündigung in Schränke und Schubladen geschaut hätten. Wie peinlich, wenn sie dann nicht aufgeräumt waren. Doch als dann der kleine, zierliche Mann vom Jugendamt bei ihnen im Wohnzimmer saß, musste sie über ihre Panik etwas lachen. Das war nun wirklich nicht der Typ, der andere bloßstellen wollte.

„Und wie stellen sie sich vor, wie sie mit der Adoption umgehen wollen," fragte Herr Sommer.

„Offen," antwortete Änne prompt. „Wir haben von Anfang an kein Geheimnis daraus gemacht, dass wir in die Ukraine fliegen werden wollen. Alle Verwandte, Freunde und Bekannte sind zwischenzeitlich eingeweiht und wir können nur hoffen, dass wir auch ein Kind finden. Denn alle möglichen Leute bringen uns schon Berge von Spielsachen, Kleidung und anderes mehr."

„Und wie war so die Reaktion Ihres Umfeldes auf ihr Vorhaben?" wollte Herr Sommer wissen und wand sich an Peter.

„Eigentlich gut," antwortete dieser. „Zwar war mein Schwiegervater zunächst etwas skeptisch. Er hat wohl auch etwas Angst, was auf uns zukommen wird, aber inzwischen hat er sich mit dem Gedanken bald Opa zu werden, schon ganz gut angefreundet. Meine Schwiegermutter war da sehr viel offener. Sie freut sich wahnsinnig auf ihr erstes Enkelkind."

„Und was ist mit ihrer Mutter?" erkundigte sich der Sozialarbeiter interessiert.

„Meiner Mutter haben wir noch nichts von dem Ganzen gesagt." entgegnete Peter. „Sie ist schon über 80 und würde die ganze Zeit keine Nacht schlafen vor Angst darüber, was alles in der Ukraine passieren könnte. Und das wollen wir ihr natürlich ersparen."

„Ja, das ist wohl dann in dem Fall auch besser so," räumte Herr Sommer ein.
„Aber," meinte Peter, „sie wird sich sicherlich sehr über ein weiteres Enkelkind freuen." Er war als Nesthäkchen mit fünf Geschwistern aufgewachsen und somit gab es schon so manches Enkelkind und Urenkelkind im Leben seiner Mutter.
Nach einer guten Stunde verabschiedete sich der Sozialarbeiter und ließ die zwei Adoptionswilligen wissen, dass er glaube, dass es ein Kind bei ihnen sehr gut haben werde.
Das machte Änne und Peter stolz und glücklich und im Geiste sahen sie einen kleinen Zwerg durch ihre Wohnung hüpfen und laut vor sich hinkrähen.

Einige Tage später traf sich Änne mit einer Freundin zum Tee. Ihre Freundin Anastasia, die von allen Nasti genannt wurde, hatte bis zu ihrem zwölften Lebensjahr in Russland gelebt und wollte ihr einige russische Worte und Redewendungen beibringen. Sie und Peter hatten sich überlegt, dass es sicherlich in vielen Situationen hilfreich wäre, etwas russisch sprechen zu können - beim Einkaufen, im Hotel und auch im Adoptionszentrum. Außerdem dachten sie sich, dass es für ihr Kind gut wäre, wenn es ein paar Worte in vertrauter Sprache von ihnen hören würde.

„Guten Tag spricht man auf russisch strastwuitje" sagte Nasti.
„Dobria utra heißt Guten Morgen und Dobria wätscher Guten Abend." „Dobria utra" sprach Änne die Worte langsam nach. Sie versuchte das R so zu rollen wie Nasti. „Das ist gar nicht so leicht," sagte sie.
„Doch, du machst das schon ganz gut."
„Was heißt denn ‚die Heizung ist ausgefallen, es ist zu kalt'"? fragte Änne.
Nasti lachte laut. „Ja," sagte sie. „Das kann dir natürlich passieren. Ich bin ja mal gespannt wie es euch dort gefällt. Ich kann mich noch sehr gut an unseren Ort erinnern. Weißt du, was ich am allertollsten dort fand?"
Änne schüttelte den Kopf. „Das Frauenbaden und -saunen am Samstag Nachmittag."

„Wie Frauenbaden? Ist das vergleichbar mit einer türkischen Sauna, in die nur Männer gehen dürfen?" wollte Änne wissen. „Türkische Sauna? Ja, so ähnlich. Jeden Samstag Nachmittag gingen alle Frauen und Mädchen aus unserem Ort in das örtliche Badehaus. Dort wurde sich gewaschen, gepflegt, gebürstet und wir gingen dort auch in die Sauna. Vor allem aber wurde viel gequatscht." Nasti machte mit der rechten Hand einen Mund nach, der auf und zu ging, indem sie den Daumen vorne mit den anderen Fingerspitzen berührte. Änne grinste. „Na das Getratsche kann ich mir gut vorstellen. Da wurde doch bestimmt alles, was im Dorf passierte erst mal beredet. Vor allem mit Sicherheit über die nicht anwesenden Männer, oder?" „Das stimmt," sagte Nasti. „Da habe ich als Mädchen alles mitgekriegt, was ich so wissen musste. So, nun aber weiter im Text. Was heißt denn ‚Ich heiße Änne und das ist mein Mann Peter'?"

Änne überlegte. „Minja savut Änne. Etta moi musch Peter." „Gut," lobte Nasti sie. "Das fällt Dir gar nicht so schwer, oder?" „Nein," antwortete Änne, „damals, als ich an unserem Gymnasium in die 7. Klasse kam, mussten wir uns entscheiden, ob wir Latein, Russisch oder Französisch als zweite Fremdsprache lernen wollten.

Meine Eltern haben für mich entschieden, dass ich Französisch lernen sollte. Das lag wohl daran, dass ich eine französische Großmutter habe. Aber eigentlich hat mir Russisch total gut gefallen und ich hätte es auch lieber gewählt. Schade, heute hätte ich es gut gebrauchen können."

„Ach," meinte Nasti, „ich glaube, das was du für den Aufenthalt dort brauchst kann ich Dir auf die Schnelle auch beibringen. Was heißt übrigens danke?"

„Spaßiwa" antwortete Änne prompt.

Als sie drei Stunden später zum Abschied ihrer Freundin ein fröhliches „doswidanje" zurief, war sie erschöpft, aber gleichzeitig auch stolz darauf, was sie schon alles gelernt hatte. Und wie interessant war es gewesen, die Geschichten aus ihrer Heimat zu hören. Warum hatte sie nicht schon längst mal gefragt, wie es bei ihr früher zu Hause gewesen war?

Der Herbst zeigte schon seine ersten Spuren. Ein kräftiger Wind wehte ein paar Blätter um die Straßenecke und eben hatte ein kurzer heftiger Regenschauer eingesetzt. Änne sah aus dem Küchenfenster. ,Brrr, wie ungemütlich.' dachte sie bei sich und nippte an ihrem heißen Tee. ,Nun haben wir schon Ende August und es sind immer noch nicht alle Papiere zusammen.' Zwei wichtige Dokumente fehlten nämlich noch, die Vorabzustimmung vom Ausländeramt und der Sozialbericht. ,Nur Geduld,' zwang sich Änne zu denken und kuschelte sich in ihren Sessel.

In dem Ort, in welchem Änne und Peter wohnten, hatte sich inzwischen rumgesprochen, dass sie ein Kind im Ausland adoptieren wollten.

Eines Abends saß Änne mit ein paar Freundinnen in der hiesigen Kneipe, als sie Adrian, der Mann ihrer Freundin Karin, ansprach.

„Änne!" rief er, als sie gerade auf dem Weg auf die Toilette war. „Hast du mal einen Moment Zeit für mich?"

„Klar," antwortete sie lachend, „wenn du mich erst für kleine Mädchen gehen lässt. Ich bin gleich wieder da."

Als sie zurückkam, winkte Adrian ihr zu. Sie setzte sich zu ihm und er legte den Arm um sie. „So, jetzt setz dich mal kurz zu mir."

Änne sah ihn verwirrt an. Das hörte sich so ernst an. Sie kannte Adrian nicht so gut und konnte ihn sehr schlecht einschätzen. Was er wohl von ihr wollte?

„Ich habe gehört – also Peter hat mir erzählt – dass ihr ein Kind adoptieren wollt?"

„Ja, das stimmt," sagte Änne und sah ihn gespannt an.

„Ich finde das total toll und unheimlich mutig," sagte Adrian warmherzig. „Ich habe gar nicht gewusst, dass ihr Kinder haben wollt und dass es bei euch Probleme gab. Wie läuft das Ganze denn ab?"

Änne war sehr überrascht und erfreut, dass Adrian sich so sehr für die Adoption interessierte und erzählte ihm, was bisher schon geschehen war und was wohl noch auf sie zu kam.

Es geschah noch oft, dass Freunde und Bekannte auf sie zu kamen. Alle waren begeistert von ihrem Vorhaben und sie hörten oft, wie mutig die Leute sie fanden. „Mutig finde ich das eigentlich nicht," pflegte Änne dann zu antworten. „Es war immer unser größter Wunsch eine Familie zu haben – und wenn es auf natürlichem Weg nicht so geht, wie man will, dann muss man halt nachhelfen."

Inzwischen hatte sie mehrfach mit Lilia telefoniert und war begeistert wie gut die Ukrainerin deutsch sprechen konnte. Zwar hatte sie einen nicht zu verleugnenden Akzent, aber die Wortwahl war außergewöhnlich gut. ‚Da merkt man das ‚Schul-Deutsch,' dachte Änne und fragte Lilia sodann: „Wann meinst du denn, wann wir nach Kiew fliegen können?"

„Also, ich denke, dass es in jedem Fall November werden wird. Aber zunächst müssen ja mal eure Papiere hier sein, sie müssen dann übersetzt werden und durchlaufen danach einige juristische Prüfungen. Wenn dann alles in Ordnung ist sehen wir weiter," war Lilias Antwort. „Wollt ihr denn die ganze Zeit hier bleiben, oder wollt ihr zwischendurch wieder zurückfliegen? Ihr wisst ja, dass nach dem Gerichtstermin eine 10-Tagefrist besteht, die ihr warten müsst, bevor ihr euer Kind dann aus dem Heim holen dürft."

„Ja," sagte Änne, „das wissen wir. Wir werden aber auf jeden Fall in der Ukraine bleiben, denn wir finden, dass das eine sehr wichtige Zeit ist, die wir mit dem Kind verbringen."

„Ich sehe das genauso, aber mache Familien finden das nicht so wichtig und wieder andere können nicht so lange Urlaub machen und müssen zwischendurch zurück fliegen," meinte Lilia. „Ihr solltet jetzt erst mal die Papiere fertig machen, sie herschicken und dann sage ich euch, wann ihr das Visum für euch beantragen müsst."

„Alles klar, dann bis bald, alles Gute und viele Grüße an Deinen Mann. Tschüss."

Änne legte den Telefonhörer auf und sah Peter an, der die ganze Zeit neben ihr gestanden hatte.

„Warum hast du denn nicht laut gestellt, dann hätte ich alles mithören können, was Lilia gesagt hat," beschwerte sich Peter.

„Habe ich vergessen," antwortete Änne und bemühte sich zerknirscht auszusehen. Dann erzählte sie ihm haarklein alles, was es Neues zu berichten gab.

Am Anfang der nächsten Woche brachte der Postbote einen Brief, der an Änne adressiert war. Er war von ihrer Mutter. Gespannt machte sie ihn auf und las:

Meine liebe Änne,

nun will ich mir mal einen Moment Zeit nehmen, um an dich ein paar Zeilen zu schreiben.
Das mache ich ja sowieso viel zu selten, aber seit eurem Besuch am letzen Wochenende denke ich nur noch an euch, euer Vorhaben in die Ukraine zu fliegen und daran, dass es in Kürze, wenn alles klappt, ein Kind in eurem Leben geben wird.
Am liebsten würde ich mit euch fliegen, um bei der ersten Begegnung dabei zu sein.
Ich freue mich schon wahnsinnig darauf Oma zu werden.
Auf der anderen Seite habe ich aber auch eine riesige Angst vor dem, was euch alles passieren kann und vor der Ungewissheit: Was werdet ihr dort erleben, was werdet ihr alles sehen, wie wird es euch in den Heimen ergehen, was werdet ihr für Kinder vorgestellt bekommen und vor allem wie und für welches Kind werdet ihr euch entscheiden.
Diese Fragen beschäftigen mich den ganzen Tag.
Ich kann vor Aufregung kaum noch schlafen.
Aber ich denke: Gott wird euch beschützen, er wird euren Weg lenken und für euch das richtige Kind ausgesucht haben, was dort auf euch wartet.
Gott wird die ganze Reise bei euch sein.
Zum Ende sende ich dir noch ein wunderschönes Gedicht:

Du kannst dir keinen Stern in die Tasche stecken,
keinen Traum dir einwecken im Glas;
du kannst keinen Sonnenstrahl im Flug einfangen,
damit du immer einen bei dir hast.
Du kannst Tautropfen nicht wie Diamanten sammeln:
Bei der leisesten Berührung sind sie fort.

Du kannst Glücksmomente
nicht wie Schmetterlinge aufgespießt dir stellen in ein Bord.
Du kannst Gedanken nicht im Schrank einsperren,
einer Hoffnung nicht stutzen ihre Schwingen.
Nicht auf Banken, nicht in Schachteln
kannst du aufgebwahren die allerschönsten
von des Lebens schönen Dingen.

In Liebe – deine Mutter.

Änne legte das Blatt beiseite.
War das ein bewegender Brief! Schön, dass Mama ihre Gedanken mal ganz offen ausgesprochen hatte.
‚Ja,' dachte Änne, ‚mal sehen was dort alles auf uns wartet.'

Zwei Tage später wählte Änne die Nummer von Sophie Wittig.
„Erst mal herzlichen Glückwunsch zu eurem Nachwuchs," sagte Änne zu Sophie.
Familie Wittig war seit einigen Tage wieder in Deutschland.
Sie hatten in der Nähe von Kiew einen dreijährigen Jungen gefunden und waren jetzt in der 10-tägigen Wartefrist wieder zu Hause. In der nächsten Woche würden sie wieder nach Kiew fliegen um ihren Sohn abzuholen. „Wie heißt er denn überhaupt?" fragte Änne. „Er heißt jetzt Tom, ist drei Jahre alt und ein echt süßer Fratz. Er hat uns sofort gefallen.'
„Ja?" wollte Änne wissen, „habt ihr wirklich sofort gewusst ‚Das ist er'?"
„ Ja, sofort," antwortete Sophie. „Er hat uns gleich gefallen als ihn die Leiterin des Heimes mit ihm ins Zimmer kam. Er ging an ihrer Hand und guckte uns so frech und aufgeweckt an, dass mein Herz direkt einen Sprung machte."
„Ach," seufzte Änne, „hoffentlich ist das bei uns auch so, ich kann mir immer noch nicht vorstellen, dass diese Entscheidung wirklich so aus dem Bauch heraus kommt."
„Doch," machte Sophie ihr Mut, „du wirst es sehen, es wird bei euch sicher genauso sein."
Sophie machte eine kleine Pause.

„Zuerst waren wir jedoch in einem Heim, wo es nur behinderte Kinder gab. Das eine war geistig behindert, das andere hatte einen Herzfehler und das dritte Kind war Epileptiker. Das war sehr bedrückend und machte uns Angst, dass wir kein gesundes Kind für uns finden würden. Als wir die Kinder abgelehnt hatten, mussten wir wieder nach Kiew ins Adoptionszentrum zurückfahren. Dort wurde uns dann ein zweiter Kindervorschlag gemacht. Tja – und das war dann das Heim, wo wir Tom gefunden haben," meinte Sophie und Änne hörte an ihrer Stimme, wie glücklich sie war.

„Ach, ich beneide euch," gab Änne zu. „Wenn es doch auch bei uns bald soweit wäre. Ich kann es kaum noch abwarten, bis ich endlich fliegen darf."

„Das kenne ich," bestätigte ihr Sophie, „diese Warterei ist wirklich die schlimmste Zeit, aber bestimmt geht es auch bei euch bald los. Wie weit seit ihr mit den Papieren?"

„Uns fehlt vor allem noch der Sozialbericht und die Vorabzustimmung vom Ausländeramt." sagte Änne, „Soweit ich weiß, muss der Sozialbericht, der ja eigentlich schon vorlag nun doch nicht nur ergänzt, sondern neu geschrieben werden und das dauert natürlich länger als nur eine Ergänzung. Vorhin habe ich beim Ausländeramt angerufen. Die hatten dort gar keinen Antrag vorliegen – na wer weiß, ob ich überhaupt mit dem zuständigen Bearbeiter gesprochen habe. Ich muss noch mal beim Jugendamt nachhaken. Tja, das sind so meine derzeitigen Beschäftigungen, das hast du ja Gott sei Dank hinter dir."

„Stimmt! Du Änne, ich würde sagen, wenn wir wieder da sind, können wir ja mal Kaffeetrinken und dann kann ich ja mal alles genauestens erzählen, was wir erlebt haben. Und wenn es nötig ist, können wir ja auch mal zwischen eure Papiere gucken, o.k.?" fragte Sophie zum Abschluss.

„Ja, gerne," beendete Änne das Gespräch, „bis dahin alles Gute."

Die nächsten Tage waren chaotisch. Endlich lagen alle Unterlagen vor und Änne hatte im Landratsamt angerufen, um dort einen Termin zur Beglaubigung zu verabreden.

Während des Gesprächs stellte sich heraus, dass der dortige Angestellte die Geburtsurkunden von Änne und Peter nicht beglaubigen durfte. Da beide in Niedersachsen geboren waren, müsste dies eigentlich in Hannover geschehen. ‚Na Klasse,' dachte Änne, ‚das geht ja schon gut los. Kaum habe ich alles beieinander, schon gibt's Probleme.' Sofort hängte sie sich ans Telefon und rief in Hannover beim Regierungspräsidium an, um dann anschließend wie eine Verrückte alles einzupacken und es nach Hannover zur Beglaubigung zurückzuschicken.

Einige Tage später klingelte – wie im Moment ständig – das Telefon. Es war Elfi Werner. Sie und ihr Mann hatten gleichzeitig mit Änne und Peter den Adoptionsantrag beim Jugendamt gestellt und wohnten nur zwei Orte weiter.

„Na," fragte Elfi, „wie sieht es bei euch mit den Papieren aus?"

„Ach, frag am besten nicht," stöhnte Änne und erzählte ihr das Hin und Her mit den Geburtsurkunden aus Niedersachsen.

„Ja, das Problem kenne ich," antwortete Elfi, „denn ich bin ja auch nicht hier geboren, sondern in Nordrhein-Westfalen. Aber wir haben uns erkundigt und herausgefunden, dass die Geburtsurkunden gar nicht gebraucht werden."

„Wie, die werden nicht gebraucht?" fragte Änne entsetzt. „Warum denn das?"

„Das liegt wohl daran, dass diese Daten auch aus der Heiratsurkunde hervorgehen und somit doppelt sind."

„Na bestens," meinte Änne trocken, „dann hätte ich mir die Aktion mit dem RP in Hannover ja sparen können."

„Tut mir leid," sagte Elfi, „wenn ich das gewusst hätte, hätte ich dir das schon eher gesagt."

„Das konntest du ja nicht wissen," beruhigte Änne sie, „aber ich glaube, jetzt schicke ich sie auch mit rüber.
Es ist mir nämlich lieber, wenn etwas doppelt und zu viel ist, als wenn irgendwas fehlt."

„Das denke ich auch. Nächste Woche Montag wollen wir uns bei Wenkbachs treffen, um alle Papiere mal durchzugehen und die nächsten Schritt zu besprechen. Wir treffen uns dort um halb acht, ok?"

„Alles klar," sagte Änne. „Dann bis Montag, tschüss."

Als Änne und Peter am Montag Abend ihr Auto vor Wenkbachs Haus abstellten, sahen sie, dass Werners schon dort waren. Ihr Wagen stand bereits vor dem großen Tor.

Als sie durch die lange Einfahrt gingen, hörten sie die anderen hinter dem Rosengitter sprechen. „Hallo, guten Abend," begrüßten sie die vier. Werners hatten eine Flasche Wein mitgebracht, die auf dem Tisch stand.

‚Peinlich,' dachte sich Änne, ‚daran, etwas mitzubringen, habe ich überhaupt nicht gedacht. Zur Zeit dreht sich eben alles nur um die Papiere.' Sie setzen sich in die bereitstehenden Gartenstühle und holten ihre Papiere heraus. Der Tisch glich dem Schreibtisch eines Anwalts, der gerade sein Plädoyer vorbereitete.

„Und dann müssen die Verdienstbescheinigungen zur Industrie- und Handelskammer," sagte Manuela gerade.

„Wieso denn das?" entfuhr es Änne ziemlich verwirrt.

„Es muss dort bestätigt werden, dass die entsprechende Firma auch im Handelsregister eingetragen und bei der IHK gemeldet ist," erklärte Manuela. „Genauso ist es mit den Unfruchtbar- keitsbescheinigungen.

Die müssen auch zur jeweiligen Ärztekammer, damit bestätigt werden kann, dass der Arzt als solcher niedergelassen ist."

‚Oh je,' dachte Änne. ‚ Damit erledigen sich die Termine beim Landratsamt und beim RP. Wer weiß, wie lang diese Bescheinigungen brauchten.'

„Habt ihr das gewusst?" wandte sich Änne an Elfi Werner.

„Nein," seufzte die, „es wird wieder kompliziert, oder?"

„Stimmt," antwortete Änne, „irgendwie weiß ich gar nicht, wie man diesen Papierkram bewältigen soll."

„Glaubt mir," schaltete sich Manuela Wenkbach ein, „es wird bald ein Ende haben."

„Na ja, wenn du meinst!" Elfi schüttelte ungläubig den Kopf. „Immer wenn ich das Gefühl habe, jetzt habe ich alles im Griff, kommt immer wieder was Neues auf uns zu."

„Ja, es ist schon kompliziert, aber es ist wirklich so, spätestens wenn ihr euer Kind habt, ist alles vergessen," tröstete sie Manuela.

Rückblicke

Peter saß in seinem großen Chefsessel am Fenster und schaute über die Nachbargärten in die Wiesen. Langsam zog Nebel auf und die Dämmerung kam. Er schaltete die kleine Lampe auf dem Sekretär an und nahm sich einen Reiseführer über die Ukraine zur Hand. ‚Der Flughafen in Kiew heißt Boryspil,' murmelte er leise vor sich hin. ‚Apotheken sind teuer und ärztliche Hilfe aufgrund einer Krankenversicherung, die bereits am Flughafen erworben werden muss, im Notfall kostenlos. Die hygienischen Bedingungen sind mangelhaft und es sollte ein Impfschutz gegen Diphterie, Tetanus und Polio vorliegen. Eine Impfung gegen Hepatits A ist empfehlenswert.'

„Seltsam," rief er Änne zu die in der Küche das Abendessen vorbereitete. „Von einer Hepatitis B-Impfung steht hier gar nichts. Nur Hepatitis A."

„Egal," Änne streckte den Kopf aus der Tür. „Ich glaube so wichtig ist das sowie so nicht. Der Hausarzt hat auch nicht gesagt, dass wir uns impfen lassen müssen. Dann machen wir es auch nicht. Wenkbachs haben erzählt, dass es einige Hepatitiskinder in dem Heim gab, in dem sie damals waren. Und sie waren überhaupt nicht geimpft – und angesteckt haben sie sich auch nicht, obwohl sie mit den Kindern auch geschmust haben und so."

„Ich glaube auch, das muss nicht sein," meinte Peter, „zumal ich Impfungen sowieso nicht besonders gut vertrage. Wir können ja Dr. Gläser noch mal danach fragen, wenn wir das nächste mal dort sind. Denk mal mit dran."

„Na," lachte Änne, „das sagst du ja der Richtigen. Du weißt doch, dass ich immer alles vergesse."

Peter wandte sich wieder seiner Lektüre zu und erfuhr, dass die Ukraine über ein weitreichendes Eisenbahnnetz verfügt und größere Distanzen mit Nachtzügen überwunden werden können. Es gab verschiedene Kategorien, je nachdem ob man sich mit zwei oder mehreren Personen ein Abteil teilen wollte.

Bei den besseren Kategorien bekam man für umgerechnet etwa 2 Mark Bettwäsche vermietet. Außerdem, so stand da, würde jeder Waggon über einen Samowar verfügen, aus dem die Schaffner Tee reichen.

„Haben wir eigentlich einen Eurostecker?" fragte Peter in die Küche. „Hier steht nämlich, dass wir einen brauchen."

„Nein," antwortete Änne, „aber ich bringe in den nächsten Tagen mal einen mit."

„Wusstest du, dass in der Ukraine Weihnachten erst am 7. Januar ist?" wollte Peter wissen.

„Ja, aber ich habe vergessen wie die Währung heißt" erkundigte sich Änne.

„Gryvnja," antwortete Peter prompt. „Hier steht, dass man für 1 Mark etwa 2,6 Gryvnja bekommt. Wie das dann nächstes Jahr mit dem Euro aussieht, steht hier nicht. Übrigens, es wird dort viel auf Märkten eingekauft. Das ist doch interessant. Kannst du schon Brot sagen?"

„Das spricht man chläpp aus."

„Na, ich sehe schon, du kannst perfekt einkaufen," freute sich Peter und grinste verschmitzt.

Änne sah es und meinte nur: „Läster nicht, du wirst schon sehen, wie hilfreich uns die Sprachkenntnisse sein werden."

„Das glaube ich ja," versuchte Peter sie zu besänftigen.

„Hier das müssen wir uns mal aufschreiben, die Vorwahl von der Ukraine nach Deutschland ist die 8-1049."

„Ach ich glaube, das brauchen wir gar nicht, denn wir werden wohl sowieso meistens sms per Handy schreiben oder vom Handy telefonieren. Gibt es eigentlich eine Zeitverschiebung?" fragte Änne.

„Ja, eine Stunde. Wenn es bei uns 9 Uhr ist, ist es in Kiew schon 10 Uhr. Sag mal, ist das Abendessen nicht bald fertig, ich habe so langsam richtig Hunger?" drängelte Peter.

„Ach du Ärmster," grinste Änne, „wie gut, dass die Lasagne gerade fertig ist."

Sie stellte die dampfende Auflaufform auf den Tisch und zündete die Kerze an. „Bald sitzen wir hier zu dritt," sagte sie und strahlte Peter an.

In den nächsten Tagen hatte Änne einiges zu tun. Zunächst fuhr sie zur IHK um die Unterschriften ihrer beider Arbeitgeber legalisieren zu lassen und forderte eine Bestätigung darüber an, dass die Firmen im Handelsregister eingetragen waren. Dann ging es weiter zum Hausarzt und zum Gynäkologen, um diese zu bitten, bei der Ärztekammer eine Zulassungsbescheinigung besorgten.

Im Wartezimmer des Frauenarztpraxis musste sie sehr lange warten. Plötzlich kam eine hochschwangere Frau zur Tür herein und setzte sich schwerfällig neben sie.

Änne sah ihren dicken Leib, der sich nach vorne wölbte. Sie merkte förmlich, wie sie in sich zusammensackte. Warum berührte sie der Anblick einer Schwangeren sie immer noch so sehr?

Sofort kamen die Bilder von ihrer eigenen unglücklichen Schwangerschaft in ihr hoch.

Inzwischen war ihre damalige Schwangerschaft zwar fast 10 Jahre her, aber dennoch war es ihr, als wäre es erst vor kurzem gewesen:

Es war im Jahre 1992 - Peter und Änne wollten in Kürze heiraten.

Änne hatte einen Zettel an das Glas geklebt. Auf dem stand: Urin bitte auf Schwangerschaft untersuchen und es, bevor die Frauenärztliche Praxis öffnete, vor die Eingangstür gestellt.

Als sie abends nach Büroschluss die Treppenstufen zur Praxis hinaufging wusste sie eigentlich schon, was ihr dann gleich bestätigt wurde: sie war schwanger.

Seit über drei Wochen war ihre Regel überfällig, ihre Brust spannte und kribbelte wie verrückt und bei Geruch von Zigarren und Kaffee wurde ihr speiübel.

Die Nachricht machte sie irgendwie glücklich und ängstlich zugleich. Was kam nun alles auf sie zu?

Schnell fuhr sie nach Hause in ihre Wohnung, in der sie mit Peter seit drei Jahren lebte. Sie rief ihn schon an der Tür: „Peter, Peter komm mal schnell!"

„Was ist?" Sofort kam er aus dem Büro und sie blieben im dunklen Flur voreinander stehen. Änne holte tief Luft: „Ich bin schwanger!"

„Oh Maus," jubelte er, „das ist ja wunderbar." Fest nahm er sie in seine Arme und sie fühlte sich etwas komisch. Es war ein völlig neues ungewohntes Gefühl. Verantwortung kam da auf sie zu, ob man immer noch so viel unternehmen konnte? Seltsame Gedanken gingen ihr durch den Kopf. Na ja, bis es soweit war, war ja noch viel Zeit und schließlich freute sie sich ja auch.

„Dann bin ich ja bei unserer Hochzeit Anfang vierten Monat. Dann ist die kritische Zeit vorbei, wenn es stressig wird," sagte Änne zu Peter.„Wann wollen wir es denn meinen Eltern sagen?"

„Morgen Abend kommen sie doch sowieso zu uns," antwortete Peter, „das passt sich dann vielleicht mal zwischendurch ganz gut."

Aber so lange konnte es Änne nicht abwarten. Schon am nächsten Tag in der Mittagspause fuhr sie zu ihrer Mutter in das Haus, in dem sie so viele Jahre gewohnt hatte. Alles war ihr so vertraut. Ihre Mutter öffnete ihr die schwere Tür und sie folgte ihr durch den Flur. Vor der Küche blieb sie kurz stehen. Sie sah die kleine Nische, in der unter einem Spiegel das Telefon stand. Als dort so stand war es ihr, als wäre es erst gestern gewesen, als sie den Schneewittchenkuchen auf dem Weg aus dem Keller versehentlich auf den Fliesen verteilt hatte. Sie musste innerlich grinsen und folgte ihrer Mutter in die Küche. Diese wusch gerade ein paar Töpfe ab und schaute auf. „Na, was machst denn du hier? Das ist aber schön, dass du mal vorbeikommst."

„Ja," sagte Änne „und ich habe auch einen ganz besonders schönen Anlass." Sie machte eine bedeutungsvolle Pause.

Ihre Mutter sah sie erstaunt an.

„Mama, ich bin schwanger" ließ Änne damit die Bombe platzen.

Einige Monate später, die Hochzeit war schon lange vorbei, ging es Änne - bereits im fünften Monat - immer schlechter. Zunächst hatte sie nur Übelkeit verspürt, doch je länger die Schwangerschaft andauerte, desto mehr hatte sie das Gefühl dass irgendetwas nicht stimmte.

Immer öfter hatte sie Schmerzen im Oberbauch und von Zeit zu Zeit hatte sie auch etwas Blut verloren. Doch ihr Gynäkologe hatte sie beruhigt und ihr erklärt, dass es sich dabei lediglich um Blut vom Gebärmutterhals handele.

Doch dann in der 26. Schwangerschaftswoche, als die Bauchschmerzen immer heftiger wurden, suchte sie ihren Hausarzt auf. Nach einer gründlichen Untersuchung, bei der auch ihr Blutdruck gemessen wurde, sagte er: „Ich habe die Befürchtung, dass sie eine Gestose haben."
„Was ist denn das?" fragte Änne erschrocken.
„Eine Gestose ist eine Schwangerschaftsvergiftung, bei der der Fötus die Mutter nach und nach vergiftet."
„Kann man dagegen etwas tun?" wollte Änne wissen.
„So wie ich weiß, kann man das Ganze durch salzarme Kost und Ruhe in den Griff bekommen. Auf jeden Fall sollten Sie zu Ihrem Frauenarzt gehen, um sich nochmals untersuchen zu lassen."
Noch am gleichen Tag wurde Änne in ein Krankenhaus im Nachbarort eingewiesen. Täglich mehrmals wurde ihr der Blutdruck gemessen – aber trotz salzarmer Kost stieg er immer weiter. Als der Blutdruck auf lebensbedrohliche Werte gestiegen war, entschieden die Ärzte, dass sie in eine größere Klinik verlegt werden sollte. Sofort wurde sie mit einem Notarztwagen in die nächstgrößere Stadt in das dortige Krankenhaus transportiert
.
Der diensthabende Arzt untersuchte sie und ihr Kind dort ganz genau. „Das Kind," sagte er dann ernst „ist nicht ausreichend entwickelt. Es ist noch nicht lebensfähig. Es ist jedoch notwendig die Schwangerschaft zu beenden, damit Ssie diese Schwangerschaft überleben."
Peter, der zwischenzeitlich auch dort eingetroffen war, überlegte nicht lange: „Dann ist die Entscheidung klar, die Schwangerschaft muss abgebrochen werden."
Änne nickte wie in Trance. ‚Und das Baby?' dachte sie verzweifelt.

Sie hatte starke Medikamente bekommen, die die Geburt einleiten sollten. Denn die Ärzte hatten beschlossen, dass sie das Kind auf natürlichem Weg zur Welt bringen sollte, damit sie hinterher nicht immer durch die Narbe eines Kaiserschnittes an diesen Abbruch erinnert werden würde.

Im Kreissaal lag sie drei unendliche Tage zwischen Leben und Tod. Diese langen Stunden erlebte Änne wie in einem Nebel Sie ließ sich einfach so treiben, wusste nicht welcher Tag war oder was um sie herum geschah.

Das Einzige, an das sie sich später erinnern konnte war, dass sie immer wieder aus den Lautsprechern den Hit von Marius Müller Westernhagen ‚Rosie' hörte. Sie war froh, wenn Peter ihre Hand nahm und beruhigend auf sie einsprach und sie spürte die Küsse ihrer Eltern und deren Tränen auf ihren Wangen.

Von fern hörte sie die Schreie gebärender Frauen und endlich war es auch bei ihr soweit. Die Wehen setzten ein.

Nach einigen Stunden wurde sie auf ein Einzelzimmer verlegt, zunächst noch an einem Überwachungs-Monitor angeschlossen.

Von ihrem Kind wusste sie nur, dass es gesund, aber noch nicht lebensfähig gewesen war. Da es unter 1000 Gramm gewogen hatte wurde es nicht beerdigt und bekam auch keinen Namen. Das machte das Ganze einerseits einfacher, andererseits aber auch schwieriger damit umzugehen.

Nach und nach ging es ihr – zumindest körperlich - besser. Sie konnte aufstehen und sah aus dem Fenster. Doch das erste was sie sah, war eine junge Frau, die einen Kinderwagen in den Park schob.

Die ganzen Jahre fragte sie nach dem Sinn. Warum gerade wir? Warum gerade unser Kind?

Wie viele Leute bekamen Kinder, die sie nicht wollten!

Warum gerade wir?

Änne bemerkte, dass die Erinnerung ihr auch nach den langen Jahren die Tränen in die Augen trieb und sah verstohlen um sich. Die Hochschwangere blätterte in einer der üblichen Frauenzeitschriften. Gott sei Dank, sie hatte nichts bemerkt.

„Das ist ja ganz schön viel Aufwand für eine Adoption," sagte der Gynäkologe, nachdem er sie ihn sein Zimmer gerufen hatte.

„Das stimmt," antwortete Änne, „ aber jetzt geht es erst richtig los mit den Beglaubigungen beim Landratsamt, den Überbeglaubigungen beim RP und der Legalisierung bei der Botschaft."

„Wo müssen sie denn überall hin?" wollte der Frauenarzt wissen.

„Nach Marburg, Gießen und Remagen."

„Na, dann wünsche ich Ihnen viel Erfolg und für die Reise alles Gute." Änne bedankte sich uns schüttelte dem Arzt zum Abschied die Hand.

‚Wie nett,' dachte sie bei sich, ‚es freuen sich wirklich alle total mit uns.'

Als sie nach Hause kam, war Post im Postkasten.

„Super," freute sich Änne laut. „Da sind ja auch die überbeglaubigten Geburtsurkunden." Ein wenig wurde ihre Freude davon getrübt, dass die Urkunden ja wohl gar nicht gebraucht wurden. Aber dennoch: So langsam ging es dann doch voran.

Die ukrainische Botschaft

Endlich ! Da lagen sie ! Ein Bündel Papiere, mit bunten Stempeln versehen, wartete darauf versendet zu werden. Aber bis es soweit gewesen war, war es noch richtig hektisch zugegangen. Zunächst waren die ärztlichen Unterlagen bei der Ärztekammer in Gießen abhanden gekommen. Sie tauchten dann nach einer Woche in der privaten Post des Frauenarztes wieder auf. Vor lauter Stress war Ännes Regelblutung ausgeblieben und als sie die Papiere abholen musste, setzte sie sich gleich mal zur Untersuchung auf den großen Gynäkologenstuhl. Aber es war alles in Ordnung. Tja, was die große Aufregung so alles bewirken kann.

Einige Tage später hatten sie einen Termin beim Notar zur Unterschrift der Dokumente, die sie selbst ausgestellt hatten, wie zum Beispiel die gegenseitigen Bevollmächtigungen und die Vollmacht für Lilia. Am nächsten Morgen ging es dann los nach Gießen zur Überbeglaubigung. Es klappte alles prima.

Der zuständige Sachbearbeiter Andreas Künkel war sehr nett. Sein Büro lag im vierten Stock eines Hochhauses. Änne drängte sich durch den schmalen dunklen Raum zum Fenster und bewunderte von oben die Hauptverkehrsstraße. Es war ein Wahnsinn, wie viel Verkehr sich dort unten bewegte. „Da unten ist ja ganz schön was los," sagte sie zu dem fülligen Herrn mit der tiefen Stimme. „Stimmt," brummte er mit seinem Bass und zündete sich eine Zigarette an. „Besonders bei Rush-Hour so gegen 17 Uhr ist hier die Hölle los. Möchten sie etwas trinken?" Änne sah ihn erstaunt an. Was für ein Service. „Ja gerne, wenn sie ein Wasser für mich hätten?" Herr Künkel erhob ich behäbig aus seinem schwarzen Ledersessel, der an der rechten Seite schon etwas zerschlissen war.

Er ging zu einem kleinen Kühlschrank, der hinter der Tür stand und holte eine blaue Wasserflasche heraus. Änne nahm sie entgegen und bedankte sich. Die Flasche war so kalt, dass sie sofort beschlug. Während sie die Fasche öffnete und den Strohhalm hineinschob, erzählte Herr Künkel von Begebenheiten und Erlebnissen mit anderen Eltern, die auf dem Weg der Adoption beim ihm Station gemacht hatten.

Aus einer alten Keksdose holte der Beamte die Stempel für die Beglaubigung heraus, sah Ännes Blick und lachte: „Ja, das ist hier manchmal etwas rückständig, aber man gewöhnt sich an allem, sogar am Dativ."
Änne grinste und sagte scherzhaft: „Na ja, wenn das Gehalt stimmt!"
„Das ist natürlich fraglich, ob das damit ausgeglichen werden kann," ging Herr Künkel auf ihre lockere Art ein. „So, fertig. Dann wünsche ich noch einen schönen Tag und viel Glück auf dem vor Ihnen liegenden Weg."
„Dankeschön," sagte Änne. Glücklich nahm sie ihre Papiere, um sich schnell auf den Weg zum Notar zu machen.

Kurz vor Büroschluss stürmte Änne die Treppe in dem Altbau hinauf. Atemlos sagte sie: „Hallo, mein Name ist Weissenburg, wir haben gestern telefoniert. Ich wollte noch schnell die Unterlagen bringen. Sie müssen beglaubigt werden und dann mit den Dokumenten, die schon hier sind als eine Urkunde gebunden werden. Dann muss die Gesamturkunde noch mal beglaubigt werden. Nur der Antrag muss extra bleiben. Das ist ganz wichtig."
„Alles klar," sagte die dunkelhaarige, perfekt gestylte, Dame an der Rezeption. „Ich weiß Bescheid. Wir hatten schon öfter Unterlagen für eine Auslandsadoption."
„Ich habe mit dem Notar abgesprochen, dass ich die Urkunde übermorgen Abend nach der Arbeit so gegen 17 Uhr abhole, da sind Sie doch noch hier, oder?" erkundigte sich Änne.
„Natürlich," entgegnete die Brünette und sah dabei nicht besonders begeistert aus. „Wir sind in jedem Fall bis 18 Uhr hier."
„Gut, dann bis Donnerstag Abend," verabschiedete sich Änne.

Zwei Tage später gegen Abend stieg Änne erneut die Stufen in das kleine Notariat hinauf.

„Ich wollte gerne die Unterlagen für Weissenburg abholen," sagte sie erwartungsvoll. Doch die Dame an der Rezeption schüttelte nur den Kopf.

„Die Dokumente sind noch beim Landgericht," entgegnete sie.

„Wir waren heute Vormittag dort um sie zu holen, aber sie waren noch nicht unterschrieben."

„Wie? Sind die einzelnen Urkunden noch nicht beglaubigt oder fehlt nur die zweite Beglaubigung für das gebundene Dokument?" fragte Änne.

„Nein, die einzelnen Urkunden sind noch nicht unterschrieben," antwortete ihr Gegenüber.

„Na, ich bin begeistert," sagte Änne ironisch. „Ihr Notar hat mir doch schließlich zugesagt, dass ich heute alles abholen kann. Mein Mann hat sich für morgen Urlaub genommen, damit wir nach Remagen zur Ukrainischen Botschaft fahren können. Ohne Papiere können wir das wohl vergessen."

„Tut mir leid," versuchte sich die Brünette zu entschuldigen. „Die Unterlagen waren halt noch nicht da. Da können wir doch nichts dafür."

„Und auf die Idee, etwas später noch mal danach zu schauen, sind sie wohl nicht gekommen," meinte Änne bissig.

„Na, dann gehe ich eben selbst mal rüber und schaue mal wie weit die Urkunden sind."

Änne war ziemlich aufgebracht, als sie die Treppe hinunter lief. Das Gebäude des Landgerichtes war direkt nebenan. Sie ging durch die große Glastür und sah einen älteren Herrn mit einer viel zu großen Brille in einem kleinen Glaskasten sitzen. Er schob die Scheibe auf.

„Was kann ich für sie tun?" fragte er.

„Ich habe ein Problem," sagte sie und schilderte die ganze Angelegenheit.

„Na dann schauen wir mal, ob im Fach des Notars unterschriebene Unterlagen liegen," meinte der Portier freundlich, nachdem er Änne geduldig zugehört hatte. Gemeinsam gingen sie in einen angrenzenden Gang, an dessen

Wand unzählige Fächer zu sehen waren. Einige quollen über vor Papieren, andere waren leer.

„Na, hier liegt doch was," lachte er und nahm einige Papiere aus einem Fach.

„Das ist für Änne und Peter Weissenburg. Sind sie das?"

„Ja," antwortete Änne.

„Dann dürfen sie die Papiere auch ausnahmsweise mitnehmen. Eigentlich darf ich sie nur den Notariatsangestellten geben." „ Ich bringe die Unterlagen sofort dorthin," versicherte Änne.

„Na dann !" meinte der Mann scherzhaft und lachte sie an.

„Vielen Dank," rief Änne und war schon aus der Tür.

Schnell lief sie wieder die Treppe im Notariat nach oben. „Ich habe die Papiere jetzt hier," sagte sie atemlos. „Ist noch jemand da, der sie mir zu einer Urkunde binden kann?" Statt einer Antwort griff die Notariatsangestellte zum Telefon.

„Gehen sie bitte noch eine Etage nach oben, da ist das Büro," wies sie Änne an.

Die zuständige Dame war eine junge blonde Frau. Änne sah ihr zu, wie sie mit geschickten Händen die Papiere lochte, eine schwarz-rot-goldene Kordel durchzog und auf der letzten Seite die Kordel mit einem Siegel befestigte.

„So, hier haben sie die Papiere. Jetzt fehlt nur noch die Beglaubigung, dass alle Einzelurkunden jetzt eine Gesamturkunde darstellen," sagte sie freundlich.

„Vielen vielen Dank," beeilte sich Änne zu sagen, „wir werden morgen früh auf dem Weg nach Remagen beim Landgericht vorbeifahren und uns die Apostille abholen."

„Na dann viel Glück, dass das alles klappt," wünschte die Notariatsangestellte.

„Tschüss," sagte Änne und lief beschwingt die Treppe hinunter. Die Papiere drückte sie fest an sich. ‚Vielleicht klappt ja morgen doch noch alles und dann gehen die Dokumente auf die lange Reise,' dachte sie und startete ihr Auto.

Am nächsten Morgen mussten sie früh aufstehen. Sie wollten ja schließlich pünktlich um 8 Uhr im Landgericht sein.

Und tatsächlich, um kurz vor acht fuhren sie auf den Parkplatz.

Peter fragte: "Hast du die Papiere?" „Na klar," antwortete Änne und schloss die Autotür zu.

Eine kleine quirlige Frau mittleren Alters nahm die Papiere entgegen und sagte: „Der Landgerichtspräsident ist zwar jetzt noch nicht da, aber ich bereite schon alles zur Unterschrift vor und sobald er da ist, lasse ich ihn unterschreiben."

„Wann erwarten sie ihn denn ungefähr?" wollte Peter wissen.

„Spätestens gegen 9 Uhr wird er hier sein."

„Alles klar, dann können wir es uns ja noch etwas gemütlich machen," sagte Peter, sah Änne an und deutete auf zwei Sessel mit einem runden Tisch davor, der am Ende des Ganges stand.

Sie stellte Ihre Tasche ab und sagte: "Hoffentlich kommt er nicht so spät, sonst sind wir auch ganz schön spät in Remagen. Was meinst du wie lange wir von hier aus fahren?"

„Na, so anderthalb Stunden werden wir auf jeden Fall brauchen. Wenn wir hier gegen 9 Uhr loskommen, wären wir allerspätestens um 11 Uhr dort. Bis halb eins ist die Botschaft offen, das müsste hoffentlich reichen," antwortete Peter und sah aus dem Fenster.

Um kurz vor 9 brachte die Dame vom Landgericht im Eilschritt die Papiere. „So," sagte sie freundlich. „Nun kann es losgehen, es ist alles fertig."

„Dankeschön," entgegnete Änne, „dann wollen wir uns auch gleich mal auf den Weg machen."

„Alles Gute für ihre Adoption," sagte die Landgerichts-angestellte warmherzig und lächelte Änne versonnen an.

„Kinder sind wirklich etwas Wunderbares – sie werden „ihr" Kind bestimmt finden."

„Das hoffe ich sehr," sagte Änne mit belegter Stimme.

Wie Peter richtig vermutet hatte, brauchten sie etwa 90 Minuten bis zur Ukrainischen Botschaft. Dank Manuela Wenkbachs Wegbeschreibung fanden sie die Botschaft sofort.

Sie lag auf einer Anhöhe in einem schönen Wohngebiet. Das Gebäude war silberfarben eingezäunt und auf dem Dach des Hauses wehte die gelb-blaue Flagge der Ukraine. An der schmalen Straße standen unzählige Autos und vor dem Eingang sahen sie eine große Traube Menschen stehen.

Nachdem sie ihr Auto in einer Nebenstraße geparkt hatten, gingen sie durch das Tor über einen Vorplatz zum Eingang. Der kleine Raum war völlig überfüllt. Die Luft war verbraucht und von überall her hörten sie die fremde russische Sprache. Änne kämpfte sich durch die Menge nach vorn. Direkt an der Tür war ein kleiner Tisch, auf dem eine Liste lag. Dies war also die sagenumwobene Liste.

Wer sich nach Aussage von Wenkbachs nicht in diese Liste eingetragen hatte, wurde auch nicht aufgerufen. Mit Schrecken sah Änne, dass die Liste für Schalter 1, der für Legalisierungen zuständig war, schon ganz voll war. Erst an 35. Stelle konnte sie sich eintragen und es waren erst sechs Nummern durchgestrichen. Das bedeutete wohl, dass erst Nummer 7 an der Reihe war. Ihr Blick fiel auf die Uhr, die an der Wind hing. Es war 11.15 Uhr. Na Klasse.
Änne sah sich um. In dem Moment stand ein Mann auf und machte einen Stuhl direkt an dem Tisch frei, auf dem die Liste lag.
‚Prima,' dachte sich Änne und setzte sich schnell hin. Von dort hatte sie die Liste genau im Blick.
Nach einiger Zeit drängte sich Peter nach vorn. „Hast du uns eingetragen?" fragte er. „Ja," sagte sie, „aber erst unter Nr. 35. Das kann noch ewig dauern." „Dann gehe ich wieder raus," meinte Peter. „Hier kriegt man ja Platzangst. Draußen ist es angenehmer."

Nachdem Peter wieder im Getümmel verschwunden war, hatte Änne Zeit, alles in Augenschein zu nehmen. Sie saß genau an der Glastür zum Inneren der Botschaft. Hinter der Glasscheibe ging es in einen Schalterraum mit drei Schaltern. Direkt an der Glastür stand ein junger Ukrainer in Uniform, der von Zeit zu Zeit die Tür öffnete um die nächsten Wartenden hereinzulassen.

Änne sah auf die Liste. An Schalter zwei war inzwischen Nummer 27 aufgerufen worden. Schalter eins – und das war der Schalter für den sie sich eingetragen hatten – war immer noch bei Nummer sieben.

‚Ob der junge Beamte vergessen hatte, die Namen zu streichen?' fragte sich Änne.
Die Minuten verstrichen. Änne sah sich um und fand, dass die meisten Ukrainer sehr europäisch aussahen, nur wenige waren etwas dunkelhäutiger.
Nach und nach wurden Leute aufgerufen. Nach einiger Zeit blickte sie erneut auf die Uhr, die direkt neben ihr an der Wand hing. Es war kurz vor halb eins. Zwischenzeitlich waren auch für Schalter 1 außer fünf Namen alle aufgerufen worden, der Raum war ziemlich leer geworden. Erst jetzt konnte man sehen, wie groß er eigentlich war.

Plötzlich ging die Tür auf. Der junge Beamte erschien und sagte einige Worte auf russisch, die sie nicht verstand. Die wenigen Leute, die noch mit ihr dort saßen sprangen auf und stürmten laut schimpfend auf den Beamten los.
Änne sah sich nach Peter um und entdeckte ihn draußen am Tor. Sie winkte ihm, er solle mal reinkommen.
„Was ist denn hier los?" fragte er sie.
„Ich weiß auch noch nichts genaues, aber ich befürchte, er will den Schalterbetrieb schließen," antwortete Änne. Sie ging zu dem Beamten und fragte ihn was denn los wäre und er bestätigte ihre Befürchtungen in gebrochenem Deutsch. Er sah ihr entsetztes Gesicht und fragte: " Was ist denn ihr Anliegen?"
„Eine Legalisation," sagte sie zaghaft.
„OK, dann gehen sie noch mit rein," gab der Beamte ziemlich entnervt von sich.
Das ließ sich Änne nicht zweimal sagen. Schnell schlüpfte sie an dem Beamten vorbei in den Vorraum und setzte sich auf die dort stehende Wartebank.
Als sie endlich an der Reihe war, gab sie der Schalterbeamtin die Papiere und sagte: „Wir wollen in der Ukraine ein Kind adoptieren, die Papiere müssen noch legalisiert werden. Der Antrag zur Adoption muss extra legalisiert werden."
„Gut," sagte die dunkelblonde Frau hinter dem Schalter.

„Zahlen sie bitte 110 DM Betrag bei der Sparkasse unten im Ort ein und bringen sie den Einzahlungsbeleg dann wieder mit, wenn sie die Papiere abholen."

„Wann können wir die Papiere denn holen?" fragte Änne.
„Kommen sie um 16 Uhr, dann sind sie fertig. Wenn Ihnen das zu spät ist, können wir Ihnen die Dokumente auch zuschicken," bekam sie zur Antwort.

„Nein, wir holen die Papiere dann ab," sagte Änne und verabschiedete sich. Sofort fuhren sie zur Bank, die bis 13 Uhr geöffnet war und zahlten den erforderlichen Betrag ein. Den Beleg steckte sich Änne sorgfältig ein, um ihn später in der Botschaft abzugeben.

„Das wäre ja schon mal geschafft," meinte Peter. „Was hältst du davon, wenn wir uns jetzt ein nettes Lokal suchen und etwas essen gehen?"

„Gute Idee," antwortete Änne und sah auf die Uhr, die schon fast halb zwei Uhr anzeigte.

Als sie sich bei einem Radler und einem Glas Wein gegenüber saßen sagte Änne: „Irgendwie kommt mir der Betrag seltsam vor."

„Wieso?" wollte Peter wissen.

„Die anderen haben alle gesagt, dass ein Dokument 100 DM kostet und die Bearbeitung 10 DM," entgegnete Änne. „Das sind bei zwei Dokumenten 210 DM, oder?"

„Das stimmt, aber die werden es schon wissen. Warten wir es ab," tat Peter die Sache ab.

Kurz vor vier fuhren sie wieder zur Botschaft, die sich ganz anders als am Vormittag, ruhig in das Wohngebiet einfügte. Außer ihnen waren noch einige Leute dort, die auch Unterlagen abholen wollten. Sie hatten gedacht, das ginge alles sehr schnell, doch leider wurden sie enttäuscht. Alle anderen waren vor ihnen dran.

Eine Frau musste Papiere für eine Überführung eines Autos in die Ukraine ausfüllen. Sie war augenscheinlich etwas überfordert damit und ließ sich von allem möglichen Leuten helfen. Es dauerte und dauerte. Und so war schließlich fast eine Stunde vergangen, bis sie endlich in den Schalterraum eingelassen wurden. Die Frau am Schalter sah sie verlegen an: „Ich habe mich vorhin vertan, sie müssen noch 100 DM mehr einzahlen."

Änne blickte hektisch auf die Uhr. Es war kurz vor fünf, die Sparkasse schloss in ein paar Minuten. „Schnell," rief sie Peter zu, der im Vorraum gewartet hatte. „Du musst noch 100 DM einzahlen." In Windeseile sprang er ins Auto und brauste davon. Ännes Herz schlug wild. Hoffentlich würde Peter noch schaffen das Geld einzuzahlen. Doch dann - nur wenige Minuten danach kam er ihr entgegengelaufen und übergab ihr den Einzahlungsbeleg.

Endlich! Änne hielt die Papiere in den Händen und presste sie an ihre Brust. „Am liebsten würde ich sie nie wieder aus der Hand geben," sagte sie zu Peter leise, „aber das muss ich wohl." Einige Tage später holte UPS die Dokumente ab, und so nahm die Geschichte ihren Lauf.

Warten, warten, warten

Am übernächsten Morgen saß Änne bei ihrer Freundin Conny und klickte sich im Internet auf die Seite, auf der sie sehen konnte, ob die Papiere angekommen waren. Und tatsächlich: am Nachmittag zuvor um Punkt 16.02 Uhr waren sie in Kiew angekommen. Es stand sogar der Name desjenigen dabei, der die Sendung angenommen hatte. Während Conny den Küchentisch abwischte fragte sie: „Was willst du denn lieber, einen Jungen oder ein Mädchen?"

„Ach weißt du, eigentlich ist es mir egal, denn wenn ich schwanger wäre, hätte ich ja auch keinen Einfluss darauf," meinte Änne. „Ein Mädchen wäre schön, weil man sich halt selbst ein bisschen selbst verwirklichen und man Mädchen so schön anziehen kann. Außerdem haben Mädchen die gleichen Interessen wie ich. Aber ein Junge wäre auf der anderen Seite auch schön, denn Jungen sind die Stammhalter und total verschmust und ehrlich. Sie sind nicht so zickig wie Mädchen, vor allem in der Pubertät. Und wie sagt man so schön: Ein Sohn bringt einem später noch eine Tochter dazu – oder noch einen zweiten Sohn."

Conny verstand, was sie meinte und grinste.

Änne sah aus dem Küchenfenster auf die Straße. Zwei Nachbarkinder fuhren draußen mit ihrem Roller.

Es war seltsam über ein Kind zu sprechen, was schon irgendwo in der Ukraine in einem Heim lebte. Wie würde es werden, wenn sie, die so viele Jahre ohne Kinder war, plötzlich von einem Tag auf den anderen Mutter war? Würde sie der Situation gewachsen sein?

„Hoffentlich vergesse ich das Kind nicht irgendwo, weil ich ja vorher keins hatte auf das ich achten musste," sagte sie nachdenklich. Ihre Freundin sah sie überrascht an und lachte. „Das ist nicht dein Ernst. Was meinst du, wie schnell du dich an die Situation gewöhnst! Ich habe da echt keine Bedenken, du machst das schon. Wie alt wird dein Kind denn ungefähr sein?" wollte sie dann wissen.

„Wir haben den Adoptionsantrag bis drei Jahre gestellt." sagte Änne. „Der Antrag, den wir für Deutschland gestellt hatten war nur für ein Baby bis 18 Monate. Ich denke, dass ein Kind in Deutschland meistens aufgrund familiärer Probleme weggeben wird. In der Ukraine ist das anders. Dort sind die Leute so arm, dass sie keine Möglichkeit haben, die Kinder ohne extreme Entbehrungen großzuziehen. Sie geben die Kinder weg, weil sie wissen, dass es ihnen im Heim besser geht. Und das ist in Deutschland meistens nicht der Fall. Die Kinder aus deutschen Heimen sind alle schon älter und damit sicherlich schon sehr geschädigt. Wir sind uns nicht sicher, ob wir es uns zutrauen, das in den Griff zu bekommen. In der Ukraine dagegen sind die Kinder vielleicht drei oder vier Jahre alt, eventuell sogar jünger."

„Ist das alles spannend," meinte Conny und sah Änne liebevoll an. „Ich bewundere euch für diesen Schritt. Da gehört wirklich viel Mut dazu in ein fremdes Land zu fliegen, ohne zu wissen was auf euch zukommt."

„Das sehe ich anders," gab Änne zurück. „Es ist wohl eher Mut der Verzweiflung, denn ohne Kinder erscheint mir das Leben sinnlos. Für Peter ist das zwar nicht ganz so extrem, aber er hat sich auch immer Kinder gewünscht. Schließlich ist er mit vielen Geschwistern aufgewachsen. Na ja, nun sind die Papiere drüben in Kiew und jetzt müssen wir nur noch das OK abwarten, bis wir endlich fliegen können. Hoffentlich kann ich mich auch entscheiden – oder ich komme mit zwei oder drei Kindern zurück."

„Wäre das denn möglich?" fragte Conny erstaunt.

„Also der Antrag beim Jugendamt ist für bis zu zwei Kindern gestellt, denn Geschwisterkinder wollen wir nicht auseinander reißen."

„Das stimmt, aber glaube mir, eines reicht sicherlich auch erst mal völlig aus," war Connys feste Überzeugung. Und sie wusste wovon sie sprach, denn schließlich hatte sie selber eine vierköpfige Rasselbande.

In den nächsten Wochen fiel Änne und Peter das Warten schwer. Die Papiere lagen im Adoptionszentrum und sie konnten nichts mehr tun. Das machte sie irgendwie mürbe.

Regelmäßig telefonierten sie mit Lilia, die immer wieder Neuigkeiten zu berichten hatte.

Meistens erzählte Lilia von den Adoptiveltern, die sie gerade dort betreute und von den Kindern, die sie sich ausgesucht hatten. Im November sprachen sie erstmalig über den bevorstehenden Flugtermin. Es würde Ende Dezember oder Anfang Januar werden.

Aber bis dahin war es noch eine lange Zeit.

Also beschlossen Änne und Peter noch einmal ausgiebig Urlaub zu machen, bevor sich ihr Leben total verändern sollte.

Zwei Wochen später lagen sie schon in der Griechischen Sonne. Aus den Kopfhörern von Ännes Walkman ertönte „Sehnsucht" von Purple Schulz, die Sonne brannte vom azurblauen Himmel, Änne sah dem Meer zu, das sich seinen Weg zwischen den kleinen kantigen Felsen zum sandigen Ufer suchte.

Sie atmete tief ein. Es roch nach einem Gemisch aus Salz, Kiefern und Sonnencreme.

„Herrlich," seufzte sie, „Griechenland ist einfach herrlich! Schade nur, dass Axel und Sandra dieses Jahr nicht mitgefahren sind." Peter nickte.

Vor einigen Jahren waren sie das erste Mal in Griechenland – auf Kreta - gewesen. Die Insel an sich hatte sie nicht so sehr begeistert, denn die Straßen waren groß, die Orte zu „touristenmäßig" und die Strände auch nicht so toll. Was ihnen aber außerordentlich gut gefallen hatte, waren die Tavernen, in denen man abends gemütlich bei einem Glas Wein sitzen konnte. Sie hatten diesen Urlaub nur mit Frühstück gebucht und suchten sich abends immer ein nettes Plätzchen.

Mit ihnen war ein Ehepaar angereist, das wie sie – wegen Überbuchung – in einem anderen Hotel untergebracht worden war. So liefen sie sich immer mal wieder über den Weg. Abends hatten sie sich die gleiche Taverne ausgesucht. Dieses schöne Restaurant unterschied sich gravierend von allen anderen, denn es lag zurückgezogen und war über und über mit Efeu berankt.

Am zweiten oder dritten Abend kamen sie mit den beiden ins Gespräch. Sie hießen Axel und Sandra und kamen aus Würzburg. Er war von Beruf Polizist und sah auch so aus.

Er hatte ein markantes stählernes Gesicht, war über 1,90 cm groß und hatte Schultern wie ein Kleiderschrank. Auch seine Frau war ziemlich groß und schlank. Das witzigste war, dass sie Thomas Gottschalk total ähnlich sah. Zwar empfand sie das ein bisschen als Beleidigung, denn schließlich ist Thomas Gottschalk ein Mann, aber dennoch: eine gewisse Ähnlichkeit war da – da waren sich auch Änne und Peter einig.
Bereits am ersten Abend merkten die vier, dass sie auf einer Wellenlänge lagen. Sie konnten über die gleichen Dinge lachen, legten auf die gleichen Dinge Wert, und auch was Kulinarisches betraf: es passte einfach.
Und so sahen sie sich jeden Abend in dieser tollen Taverne und hatten viel Spaß miteinander.
Schade war nur, dass Axel und Sandra schon nach einer Woche abreisten.

Es wurden dann zwar Adressen ausgetauscht – aber wie das mit Urlaubsbekannten so ist: meistens hört man nie wieder etwas von einander.
Als Änne und Peter dann aber im Jahr darauf wieder in Griechenland Urlaub machten, fielen sie ihnen wieder ein. Sie waren auf Samos und die Insel war so ursprünglich und so wunderschön, dass immer wieder einer von ihnen sagte: ‚Das hätte Axel und Sandra auch gefallen.‘
Am Ende des Urlaubs kauften sie eine besonders schöne Ansichtskarte von der Insel und schickten sie ihnen mit vielen Grüßen von der wunderschönen Insel Samos.
Als sie dann nach Hause kamen, konnten sie kaum glauben, was sie in ihrer Urlaubspost vorfanden, nämlich ebenfalls eine Urlaubskarte - von der wunderschönen Insel Samos von Axel und Sandra -.
Da waren die vier gleichzeitig auf der selben Insel gewesen – Unglaublich.
Schade war nur, dass sie sich nicht begegnet waren.
Das Jahr darauf verbrachten Änne und Peter ihren Jahresurlaub auf Kos. Eines Nachmittags waren sie in Kos-Stadt einkaufen.
Änne kam gerade aus einem Ledergeschäft – als sie mitten in einer Ansammlung von Menschen einen großen hageren Mann sah.

Sie starrte ihn an: Das konnte doch nicht Axel sein. Er starrte zurück. Nach den ersten Schrecksekunden brüllte er: „Sandra, Sandra, komm schnell!" Sie stürzte vor Schreck - aus eben dem selben Ledergeschäft kommend - an Änne vorbei ohne sie zu bemerken und rief ihm zu: „Was ist? Fährt der Bus?" Ja- und dann sahen sie sich. Sie schrieen vor Freude und tanzten, umarmten sich und konnten es einfach nicht fassen, dass sie sich in dieser Form wiederbegegnet waren. Die Leute rund herum blieben stehen und sahen auf das seltsame Schauspiel, das sich ihnen bot. Doch die vier waren so mit sich beschäftigt, dass sie davon kaum etwas bemerkten.

Als sie sich etwas beruhigt hatten, setzten sie sich in eine nahegelegene Taverne und erhoben die Gläser auf diesen glücklichen Zufall.
Irgendwann fragte Axel: ‚Wo wollt ihr denn nächstes Jahr hin?' Und ob man es glauben mag oder nicht: Sandra und Änne sagten wie aus einem Mund: ‚Korfu'."
An diesem Abend saßen die vier noch lange zusammen und irgendwann beschlossen sie, den Korfu-Urlaub gemeinsam zu buchen. Und das taten sie dann auch – und der Urlaub war wirklich spitze gewesen.
Doch in diesem Jahr war der Urlaub von Änne und Peter so kurzfristig gebucht worden, dass Sandra und Axel keinen Urlaub bekommen konnten.
Ja, es war wirklich schade, dass die zwei in diesem Jahr nicht dabei waren.

Änne drehte sich auf den Bauch, stützte ihren Kopf mit den Händen ab und beobachtete zwei Kinder, die eine Kleckerburg aus Sand bauten und diese mit gesammelten Steinen und Muscheln verzierten.
‚Wie süß,' dachte sie, ‚Bald haben wir auch so einen kleinen Hosenmatz, der mit Förmchen, Eimer und Schippe im Sand spielt.' Sie nahm den Kopfhörer ab, schloss die Augen und war erstaunt, wie laut es war.
Kinder schrieen, das Meer gurgelte, zwei Frauen unterhielten sich kichernd über den letzten Abend, die Bäume rauschten und irgendwo brummte ein Flugzeug.

Irgendwie kam ihr diese Geräuschkulisse vertraut vor - sie konnte sie aber im Moment nicht einordnen.
Auf einmal fiel es ihr ein. Natürlich! Es klang wie damals auf Sylt, als sie am langen weißen Strand an der ‚Oase zur Sonne' neben dem Volleyballfeld lag und sich von dem letzten Spiel und der Strandparty am Abend davor ausruhte.
Sie spürte den Wind, der erstaunlich kühl über ihre Haut strich und ihre kleinen Härchen stellten sich auf.
Obwohl die Sonne schien, war ihr auf einmal kalt geworden. Sie griff nach einem großen Handtuch und zog es sich über den Rücken. Dann legte sie sich flach auf den Sand und vergrub den Kopf in ihre Arme. ‚Bald', dachte sie, ‚bald sind wir endlich zu dritt.'

Ein paar Tage nachdem sie wieder zu Hause waren, bekam sie einen Anruf von ihrer langjährigen Freundin Kathi. Sie und Änne waren zusammen zur Schule gegangen und waren damals ein Paar, das wie Pech und Schwefel zusammenhielt. Eine ohne die andere – das war unvorstellbar. Und auch noch nach so vielen Jahren war ihre Beziehung trotz der großen Entfernung immer noch wie früher. Wenn sie sich sahen, brauchten sie meist nicht viele Worte um sich zu verstehen.

„Hi Süße," sagte Kathi, „wie war Euer Urlaub?"
„Na spitze! Das Wetter war zwar abends schon etwas herbstlich, aber wir haben uns super erholt und harren jetzt der Dinge, die da kommen werden," plauderte Änne gutgelaunt.
„Und, wie sieht's mit Euren Papieren aus?"
„Es ist alles abgeschickt," antwortete Änne. „Jetzt müssen wir einfach nur noch geduldig warten, bis wir endlich fliegen dürfen. Aber das wird wohl noch bis Dezember dauern."
Kathi erzählte von ihrer Familie und vor allem von ihren beiden Jungen, die inzwischen 7 und 11 Jahre alt waren. „Letzte Woche hatten wir dicke Luft. Jonas wollte unbedingt um sieben Uhr abends noch Inliner fahren. Das habe ich ihm natürlich verboten." erzählte Kathi gerade. „Stell dir vor - da hat er sich doch wahrhaftig aus der Kellertür verdrückt , ohne dass ich davon etwas gemerkt hätte."

„Ach du Schande," stöhnte Änne, „da kommt ja noch einiges auf mich zu. Wer weiß, was mein Kind später mal so alles anstellt. Aber wenn ich so darüber nachdenke kann ich nur sagen: Jonas ist eben ganz die Mama!"

„Wieso?" fragte Kathi entrüstet.

„Ja weißt du denn nicht mehr? Unser Sommer auf Sylt?" lachte Änne. „Ich glaube es war 1982."

„Nein," korrigierte sie Kathi, „es war 1983. 1982 war das Jahr, als die Fußballweltmeisterschaft war. Italien gewann im Endspiel gegen Deutschland und ich war eine Woche bei euch zu Besuch."

Und plötzlich war es als würde die Zeit zurückgedreht Die Ereignisse von damals waren ihnen so gut in Erinnerung geblieben, als wäre es erst gestern gewesen:

„Au ja, und Kathi darf auch ganz bestimmt mitfahren?" fragte die 16-jährige Änne ihre Mutter. Ihre Augen funkelten, während sie ihre langen Haare zurückwarf.

„Ja," antwortete diese und lachte.

„Das wird super!" strahlte Änne. „Jeden Tag Volleyball am Strand bis zum Abwinken und abends Beachparties ohne Ende."

„Na das werden wir mal sehen" warf Frau Weissenburg ein. „Ich glaube nicht, dass Papa euch jede Party erlaubt."

„Ja, das werden wir dann mal sehen" meinte Änne daraufhin kampflustig. Ihr war die Laune heute nicht mehr zu verderben. „Ich rufe mal kurz bei Kathi an und sag ihr, dass ihr grünes Licht gegeben habt."

„Ja," rief Ännes Mutter ihr hinterher, als sie schnell den Raum verlies, „aber wirklich kurz, denn die Telefonrechnung im letzten Monat war höher denn je."

„Mmmh," murmelte Änne, während sie den Telefonhörer abnahm und die Nummer im Schnelltempo wählte.

„Hi, ich bin's," sagte sie, als Katharina, kurz Kathi genannt, sich am anderen Ende meldete.

„Und?" fragte diese, „darf ich mit?"

„Ja," rief Änne überglücklich in den Hörer, „stell Dir vor, wir zusammen drei Wochen auf Sylt.

Brandungsbaden, Volleyball den ganzen Tag und abends supergeile Strandpartys. Hoffentlich sind diesen Sommer tolle Typen da. Oh Mann, bis es losgeht, sind es noch fast vier Wochen, das halt ich nicht aus!"

„Nun bleib ganz cool, du bist ja schon wieder total durchgeknallt," beruhigte sie Katharina. „Es ist echt super, dass Deine Eltern mich mit in den Urlaub nehmen! Was brauche ich denn noch alles ? Am besten gehen wir mal in die Stadt zum Einkaufen, oder?"

„Ja, das machen wir," versprach Änne und beendete das Gespräch schnell , da es gerade jetzt sehr ungünstig gewesen wäre, den Zorn ihrer Eltern, wegen ihrer Dauertelefonate, auf sich zu ziehen.

Die Wochen bis zum Urlaub vergingen im Schneckentempo. Änne und Katharina waren gerade im Begriff, die 9. Klasse zu beenden. Angst, in der Schule nicht versetzt zu werden, hatte zwar keine von ihnen, aber die ganz großen Leuchten waren sie auch nicht. Sie mogelten sich immer so durch. Eine Chemie-Lehrerin hatte mal zu Änne gesagt: „Du bist der typische Durchschnittsschüler, immer so um die Note „Drei" herum!" Ein ganz kleines bisschen war sie beleidigt gewesen, denn sie hatte immer das Gefühl dass Sybille, so durften sie ihre Lehrerin nennen, sie recht gerne mochte. Aber irgendwie hatte sie leider auch Recht.

Doch dann - endlich war es soweit. Sie ließen die Schule hinter sich und redeten nur noch vom bevorstehenden Urlaub.
Ännes Vater hatte das Auto mit akribischer Ordnung gepackt. Es ging die A7 hinauf in Richtung Norden. In Hamburg regnete es mal wieder – wie fast jedes Jahr, wenn sie auf die nördlichste Insel Deutschlands fuhren.
Sylt – das war der tollste Ort, den Änne kannte und endlich konnte sie Katharina all die tollen Typen zeigen, von denen sie schon seit Jahren erzählte.

Hinter Hamburg war es noch ein ganzes Stück bis sie endlich auf dem Hindenburgdamm waren.

Als sie kurz vor Westerland – immer noch auf dem Autozug – durch die Wiesen und Äcker fuhren, rief Änne plötzlich aufgeregt: „ Da, da ist unser Bauernhof auf dem wir immer wohnen. Siehst du ihn, der mit den roten Klinkersteinen. Maria hat zu unserer Ankunft eine weiße Fahne aus dem Fenster gehängt. Das macht sie immer bei Stammgästen," erklärte sie Katharina atemlos.

Es war für sie ein zweites Zuhause und sie konnte es kaum erwarten, bis ihr Vater den Fiat endlich vom Zug herunterlenkte.
„Das dauert ja wieder ewig," maulte Änne. „Wie gut, dass wir oben auf dem Autozug stehen, sonst müssten wir noch länger warten. Die oben geparkten Autos dürfen immer zuerst runterfahren. Gut, dass wir die Fahrräder mitgenommen haben, denn damit darf man immer nach oben fahren. Oben kann man viel besser den ersten Inselblick genießen, findest du nicht auch?"

Katharina grinste. Sie kannte Ännes überdrehte Art, wenn sie sich so freute wie jetzt.
„Klar, es ist richtig schön von hier oben. Was ist denn das da?"
Sie zeigte auf eines der Werbeschilder, die den Einfahrtsweg des Autozuges begleiteten.
„Das ist die In-Disco in Westerland. Da war ich aber noch nie, denn bisher durfte ich ja nicht," antwortete Änne und sah ihren Vater vorwurfsvoll an.
Der sah sie nur kurz an und meinte trocken:„ Na, wenn du jetzt in Katharinas erwachsener Begleitung bist, kannst du vielleicht mal einen kurzen Blick hineinwerfen."
„Was heißt denn hier kurzen Blick" parierte Änne sofort. „ Wir werden doch wohl dieses Jahr etwas mehr Freiheit haben, oder?"
„Na das sehen wir dann wenn es soweit ist," antwortete Ännes Vater und blinzelte Katharina zu. Die beiden hatten einen sehr guten Draht zueinander, denn Ännes Vater Stefan, mochte die ruhige überlegte Art von Katharina sehr.

Er war froh, dass Änne in ihrer Freundin einen ruhenden Gegenpol gefunden hatte.

„So, da sind wir," sagte Ännes Mutter Hanna und man sah ihr an, dass auch sie sich auf den bevorstehenden Urlaub sehr freute. Ännes 10-jährige Schwester Mira wurde durch die plötzlich auftretende Unruhe im Auto wach. Ihr waren schon vor Niebüll die Augen zugefallen und so hatte sie den schönen Blick vom Autozug verpasst.

„So, jeder nimmt gleich was mit auf dem ersten Weg ins Haus" ordnete Stefan an. Sie stiegen die enge Treppe in dem alten Bauernhaus hoch. Es roch nach Heu und Milch und irgendwie ein kleines bisschen muffig.

Die urige gemütliche Wohnung lag direkt unter dem Dach. Katharina, Änne und Mira schliefen im Wohnschlafzimmer, Stefan und Hanna hatten noch einen separaten Raum. Dazwischen lag eine Küche mit einem Dachfenster unter dem ein runder Tisch stand.

Es war einfach herrlich.

Katharina seufzte: „ Ach Stefan, es ist so toll, dass ihr mich mitgenommen habt. Das wird ein super Urlaub, soviel steht jetzt schon fest."

„Wann gehen wir denn zum Strand?" warf Änne ein. Sie konnte es nicht erwarten, Katharina „ihr" Volleyballfeld zu zeigen.

„Also heute gehen wir nicht mehr richtig an den Strand," antwortete ihre Mutter. „Erst einmal werden die ganzen Sachen aus dem Auto raufgeholt und eingeräumt. Dann fahren wir mal kurz zum Campingplatz und schauen mal über die Dünen, ob das Meer noch da ist, oder Stefan?"

„Klar," meinte Stefan, „auf den Meeresblick und die Luft freue ich mich schon das ganze Jahr."

„Ich habe vor kurzem einen Traum gehabt, den ich schon öfter geträumt habe," erzählte Änne. „Ich war ganz allein am Strand und vor mir türmten sich die Wellen meterhoch auf. Ich wusste gar nicht wie ich ihnen entkommen sollte. Sie waren so riesig, dass ich schweißgebadet aufgewacht bin. Mal sehen, ob die Wellen wirklich so groß sind, wie ich sie im Traum gesehen habe."

„Na ja im Traum waren sie wohl höher als in Wirklichkeit, aber dennoch müsst ihr am Wasser immer vorsichtig sein. Das gilt vor allem auch für dich Mira. Du darfst niemals allein ins Wasser, wenn wir es nicht erlaubt haben. Die Wellen haben eine Wahnsinnskraft und werfen dich ruck zuck um," ermahnte Hanna die drei.

„Wenn zwei rote Bälle auf dem Fahnenmast aufgezogen sind ist Baden ganz verboten, bei einem Ball muss man unter Aufsicht baden," erklärte Änne ihrer Freundin. „Wisst ihr noch, als ich mich damals verlaufen habe?" fragte sie an ihre Eltern gewandt. „Wie könnten wir das jemals vergessen," antwortete ihre Mutter. „Was habe ich damals eine Angst um dich gehabt."

„Das war nämlich so," sagte Änne zu Katharina und Mira, „ich war mit einigen Kindern zusammen unten am Wasser. Sie wollten zu unserem Strandkorb hochgehen, aber ich hatte gerade einen wunderschönen großen Stein gefunden und sagte ich käme gleich. Irgendwie habe ich dann nicht den richtigen Weg zu unserer Strandburg eingeschlagen.

Ich suchte immer nach dem weißen Bademantel, der über einer Schaufel am Eingang der Strandburg wehte. Aber ich sah ihn nicht. Irgendwann warf ich den blöden Stein weg und habe wohl angefangen zu weinen. Eine Frau fragte mich, ob ich mich verlaufen hätte und ich sagte ja. Daraufhin brachte sie mich zu einem Wagen der Strandwacht. Die Männer dort waren sehr nett. Ich durfte im Wagen mit einer riesigen aufblasbaren Banane spielen bis Papa kam um mich abzuholen. Der Rückweg war viel länger als ich dachte. Ich war ganz schön weit vom Weg abgekommen. Als wir zurück an unsere Strandburg kamen, sah ich Mama total verheult dort sitzen." beendete Änne ihre Geschichte.

Hanna nickte: „Du weißt gar nicht wie froh ich war, als du wieder da warst. Ich sage ja," sagte sie an Mira gerichtet. „Geh niemals alleine ans Wasser, das ist sehr gefährlich. Du musst immer vorsichtig sein."

Währenddessen hatten sie alle Sachen aus dem Auto nach oben getragen und in die Schränke eingeräumt. Etwas eng war es zwar, aber es würde schon gehen.

„So, alle fertig?" fragte Stefan, „können wir fahren?"
„Ja," strahlten die Kinder und Hanna und so fuhren sie aus dem kleinen Dorf Tinnum durch die Wiesen zu einem Campingplatz, der zwischen Westerland und der Oase zur Sonne direkt am sogenannten Wäldchen lag.
„Das Wäldchen," erklärte Hanna Katharina, „ist ein kleiner verwunschener Wald, in dem man schön spazieren gehen kann. Es gibt dort einen tollen Teich mit vielen bunten Enten und zwischen den Bäumen tummeln sich Unmengen von Eichhörnchen."
„Ja, ja," unterbrach Änne ihre Mutter, bevor sie ihre idyllischen Ausführungen noch weiter ausschmücken konnte.
Schon während sie auf den Parkplatz fuhren spähte sie zwischen den Zäunen durch, ob es irgendwo zwischen den Wohnwagen, die dort standen, ein bekanntes Gesicht erblicken konnte.

Vorbei ging es an der Anmeldung, den Waschräumen, dem kleinen Laden mit Restaurant und den Räumlichkeiten, in dem vor allem religiöse Veranstaltungen abgehalten wurden.
„Da, guck mal" flüsterte Änne Katharina zu und zeigte auf den blonden Lockenkopf, der gerade in einem Wohnwagen verschwand. „Den kenne ich - er kommt aus Pinneberg. Er ist mit seinen Eltern jedes Jahr hier. Ist ganz nett, aber nicht sooo interessant."

Änne bückte sich und zog ihre Schuhe aus, bevor sie den Bretterübergang betrat, der über die Dünen führte.
Katharina sah sie kurz an und tat es ihr gleich. Es war ein tolles Gefühl den Sand und die harten Planken an den nackten Füßen zu spüren.
Die Luft roch nach Salz und ein kräftiger Wind wehte, als sie oben auf dem höchsten Punkt der Düne angekommen waren.
„Wow," staunte Katharina, „das ist ja Wahnsinn."
„Ja," antwortete Änne, ein kleines bisschen stolz, und schob sich die Sonnenbrille in die Haare, „und da hinten ist unser Volleyballfeld".

Viel sehen konnten sie von dort aus davon nicht, aber es war ziemlich viel los am Strand, denn das Wetter war super. Die Sonne schien, der Wind wehte aus Westen und war stark genug für eine kräftige Brandung. Der Himmel war traumhaft blau mit wenigen weißen Wolken.

„Wir haben mal wieder richtiges Syltwetter," stellte Stefan fest und atmete tief durch die Nase ein. „Wenn das Wetter so ist, dann weiß ich auch, warum ich hier immer wieder herfahre."

Sylt 1983

Die nächsten Tage waren unbeschreiblich. Das Wetter war traumhaft, der Wind ging nur wenig, so dass das Volleyballspielen gar kein Problem war. Zwar war es nicht so einfach im Sand zu spielen wie in der Halle, aber man gewöhnte sich daran.

Hanna und Mira hatten sich in der Nähe des Volleyballfeldes in einen gemieteten Strandkorb zurückgezogen und sahen dem Treiben aus einiger Entfernung zu.

Stefan hatte sich Änne und Katharina angeschlossen und sich mit vielen anderen Jugendlichen und Junggebliebenen um das Spielfeld herum auf ihren Handtüchern gemütlich gemacht. „Guck mal, ist der nicht süß?" flüsterte Katharina Änne zu und sah in die Richtung einer Gruppe Volleyballer, die sich im Kreis neben dem Spielfeld einspielten. Ein dunkelhaariger Typ Anfang 20 stach von der Gruppe ab. Er sah aus, als wäre er gerade einem Modejournal entsprungen.

„Und wie der pritscht! So butterweich! Das werde ich wohl niemals lernen. Aber versuchen kann ich es zumindest, kommst du mit?"

Und ehe sich Änne versah war Katharina schon aufgesprungen, um sich den Spielern anzuschließen. Änne sah kurz zu und raffte sich dann trotz der sengenden Sonne auf mitzuspielen, denn um nichts in der Welt wollte sie irgendetwas verpassen. Doch schon nach einiger Zeit war es ihr und auch den anderen zu heiß. Nur Katharina und ihr Schwarm waren übriggeblieben. ‚Meine Güte,' dachte Änne und beobachtete die zwei mit neidvollem Blick, ‚was für eine Ausdauer sie wieder hat.'

Die beiden spielten sich die Bälle zu und er erklärte Katharina immer wieder einige Kniffe, um den Ball noch weicher zu spielen.

‚Nur gut,' lachte Änne in sich hinein, ‚dass wir uns mit unserem Männergeschmack mal wieder nicht in die Quere kommen. So toll der Knabe auch Volleyball spielt, aber mein Typ ist das nicht.

Er sah so aus wie alle Männer, auf die Kathi stand: Dunkelhaarig, Schnauzer, schlank und sportlich.

‚Im Grunde ist daran ja nichts auszusetzen,' dachte Änne, ‚aber irgendwie fehlt mir an dem Typ mal wieder das gewisse Etwas.' Da kam Kathi auf sie zu. „Puh, ist das heiß" lachte sie, nahm sich ein Handtuch und wischte sich den Schweiß von der Stirn. „Kommst du mit ins Wasser, Eric kommt auch mit." „Eric heißt er also" grinste Änne im Lästerton. „Der ist doch ganz Dein Typ, oder? Na ja, Volleyball spielen kann er jedenfalls." „Er ist auch total nett," entgegnete Kathi und hatte ganz rote Wangen vor Anstrengung – oder war's die Aufregung? „Stell dir vor, er hat mich gefragt, ob ich heute Abend zur Standparty komme. Du natürlich auch." „Wie nett," sagte Änne etwas zu spitz. „Schau'n wir mal, ob wir dürfen." „Klar," meinte Katharina, „lass mich das nur machen, Stefan schlägt mir das mit Sicherheit nicht ab." „Stefan!!" gurrte Änne, „ich finde das echt ungewohnt, dass du meine Eltern jetzt duzen darfst. Deine Mutter hat mir ja auch das du angeboten, aber dein Vater wird das wohl niemals tun." „Das glaube ich auch, aber jetzt komm schwimmen," drängelte Katharina, „die anderen sind schon unten am Wasser." Sie sprangen auf und rannten los.

Die Strandparty am Abend war ein echter Knaller. Kathi hatte alles klargemacht, dass sie gehen durften und so fuhren sie mit ihren Rädern wieder zurück zum Strand. Es war noch hell. Von der Düne aus konnten sie einige Strandkörbe sehen, die man zu einem Kreis zusammengeschoben hatte. „Los geht's" jauchzte Kathi und sprang die Treppe runter. Unten im Sand zogen sie die Schuhe aus und nahmen sie in die Hand.

Der Sand war erstaunlich kalt geworden. Als sie am Volleyballfeld ankamen, sahen sie was dort los war. Viele Jugendliche spielten – auf dem Feld und daneben, andere saßen in einem der Strandkörbe oder neben dem Spielfeld.

Kathi und Änne zogen ihre Sachen aus und gingen, sobald Plätze frei wurden, aufs Spielfeld. Es war herrlich. Die Nacht war sehr hell, sie spielten, bis sie den Ball nur noch als Schatten sehen konnten. Selten hatte ihnen Volleyballspielen so viel Spaß gemacht. Dann setzten sie sich erschöpft zu den anderen in die Strandkörbe. Es wurden immer noch welche dazugeschoben. Katharina saß natürlich mit Eric in einem Korb. Eine Flasche Sekt ging rum.

Sie sah zu Kathi rüber. Sie und Eric waren sich zwischenzeitlich sehr viel näher gekommen. Sie saßen eng umschlungen nebeneinander und küssten sich.
„Wir wollen noch in die Wohnung von Eric" hörte sie plötzlich Katharina neben sich sagen. Änne sah sie erschrocken an.
„Bist du verrückt? Du kennst den doch überhaupt nicht!"
„Na und? Glaubst du im Ernst, der ist gefährlich?" Änne sah zu Eric hinüber. Er war ein gepflegter, gut aussehender Mann.
„Nein, das eigentlich nicht. Aber wie stellst du dir denn vor, wie das ganze laufen soll? Wir haben doch nur einen Schlüssel. Und außerdem sind wir mit dem Fahrrad hier," wand Änne ein.
„Das habe ich mir schon überlegt," entgegnete Kathi schnell.

„Erics Freund hat einen Pick-up. Da können wir die Räder draufladen und dann fahren wir Dich nach Hause. Wir bringen die Räder in den Stall, gehen rauf und schließen auf. Du gehst rein und ich gehe wieder runter nachdem ich die Tür zugeschlossen habe."
„Mensch Kathi," stöhnte Änne, „bei der Sache ist mir nicht wohl. Wenn meine Eltern das mitkriegen, dann ist die Hölle los."
„Ach Quatsch, warum sollten die denn was mitkriegen? Die hören doch wenn wir kommen und ich entschwinde dann wieder ganz leise.
Bitte, bitte, es ist mir verdammt wichtig," bettelte Katharina.
„Du bist komplett irre," meinte Änne und raufte sich die Haare, „aber na gut, ich will nicht mein restliches Leben hören, dass ich Dir den Abend verdorben hätte."

Gesagt, getan. Die Räder wurde aufgeladen, Änne quetschte sich hinten in das Auto während Kathi vorn mit girrendem Lachen ihren Spaß hatte. ‚Wie kann sie nur so unkompliziert sein,' fragte sie sich und in ihrem Magen war die Hölle los vor Angst. Sie klammerte sich fest und hoffte nur, dass sie jetzt nicht auch noch angehalten würden, denn sie fuhren durch die Friedrichstraße – und die war nachts für Autos gesperrt.

Aber zunächst ging alles gut. Die Räder wurden abgeladen. Änne und Kathi gingen leise die Treppe zur Ferienwohnung rauf. Änne sah auf die Uhr. Es war halb zwei. Leise schlossen sie auf.

„Sei bloß vorsichtig," versuchte Änne nochmals ihrer Angst Luft zu machen.

Aber Kathi war mit ihren Gedanken schon ganz wo anders. Sie schloss die Tür von außen wieder zu und verschwand. Änne zog sich im Dunkeln aus und legte sich mit klopfendem Herz ins Bett.

Nach einigen Minuten atmete sie auf. Es blieb alles ruhig. Doch plötzlich ging die Tür auf und Stefan stand im Türrahmen. „Wo ist Kathi?" fragte er.

‚Scheiße,' dachte Änne, ‚ach, du Scheiße'.

„Wieso?" stellte sie sich erst mal dumm.

„Was ist denn das für eine Antwort?" schnauzte Stefan sie an.

„Sie ist halt noch nicht mitgekommen," sagte Änne leise.

„Ja, wo ist sie denn jetzt?" fragte Stefan fassungslos.

„Ich weiß es auch nicht so genau," weinte sie.

„Das kann doch wohl nicht wahr sein. Da nehme ich sie mit in den Urlaub und sie enttäuscht uns dermaßen. Seid ihr denn komplett verrückt?" bellte Stefan sie an und ging in die Küche. Änne hörte ihn Wasser heiß machen.

„Komm mal her zu mir," sagte er nach einiger Zeit barsch. Sie ging zu ihm in die Küche. Er saß an dem runden Tisch und hatte eine Tasse Grog vor sich stehen. Es roch eklig.

Hanna rannte ständig auf und ab und war total aufgelöst. Auch Stefan sah man den Stress förmlich an. Änne taten ihre Eltern leid. „Ich habe schließlich Kathis Eltern gegenüber eine Verantwortung. Was ist das denn für ein Typ mit dem sie zusammen ist. Kennst du den?" fragte ihr Vater.

„Nicht so gut, aber er war sehr nett und ich glaube nicht dass irgendwas passiert," versuchte Änne die Situation etwas zu beruhigen.
„Was heißt das denn – dass nichts passiert? herrschte Stefan sie an. Änne sah ihren Vater an, zuckte mit den Schultern und dachte: ‚Arme Kathi, das gibt richtig Ärger'.

Stefan und Hanna wurden immer unruhiger. Der Zeiger auf der Küchenuhr rückte nur langsam vorwärts. Änne klopfte das Herz bis zum Hals. Was, wenn doch etwas passiert war? Sie machte sich die größten Vorwürfe, dass sie nicht einmal gefragt hatte wo dieser Eric wohnte.

Irgendwann um kurz vor fünf hörten sie Schritte auf dem Kies. „Das ist sie," rief Änne erleichtert aus.
„Na, das wird ja auch Zeit," brummte Stefan, schon etwas angetrunken von den diversen Grogs, die er zu seiner Nervenberuhigung gebraucht hatte.
Änne wollte aufspringen und zur Tür eilen, doch der Blick ihres Vaters hielt sie davon zurück.
Also blieben in der Küche sitzen, während Kathi von außen die Tür aufschloss.
Kaum hatte sie diese geöffnet, sah sie das Licht in der Küche. Mit aufgerissenen Augen starrte sie Änne und Stefan an, die am Küchentisch saßen. Sie ging zu ihnen in die Küche, doch als sie ansetzte eine Erklärung loszuwerden, schnitt Stefan ihr das Wort ab und sagte mit schneidender Stimme: „Spar dir deine Erklärungen für morgen, aber eines ist sicher: du kannst schon mal deine Koffer packen."
Wie bedröppelte Pudel schlichen Änne und Katharina aus der Küche und legten sich stumm ins Bett. Änne wagte nicht zu sprechen.
Kathi stupste sie an: „Wie kann das denn sein, dass sie mitgekriegt haben, dass ich nicht da war?"
„Ich weiß es nicht, sie haben es irgendwie gespürt," antwortete Änne. „Aber jetzt sei ruhig, ich glaube, sonst reißt er uns noch den Kopf ab," fügte sie deprimiert hinzu.

Am nächsten Morgen – die Mädchen hatten kaum geschlafen - herrschte eisige Stimmung. Ännes Eltern sprachen keinen Ton und drehten den Mädchen demonstrativ den Rücken zu.

Mira, die von der nächtlichen Aktion nichts mitbekommen hatte, sah irritiert von einem zum anderen. Als sich Kathi an den Küchentisch setzte, sah sie auf ihrem Platz einen Zettel liegen. Änne sah ihr über die Schulter: es war die Bahnverbindung ab Bahnhof Westerland. Kathi weinte und versuchte Hanna zu bewegen mit ihr über die Sache zu sprechen - doch ohne Erfolg. Immer wieder fragte sie Änne: „Was kann ich denn nur tun, ich will doch nicht nach Hause?"

„Ich weiß auch nicht," sagte Änne traurig. „Du weißt doch wie streng meine Eltern sind. Und mal ganz ehrlich, das ist ein echt dickes Ding gewesen. Ich hab dir gleich gesagt, lass den Scheiß."

„Toll," schluchzte Kathi, „ Du bist mir eine echte Hilfe."

„Ich kann dir nur raten mit meinen Eltern noch mal in Ruhe zu reden und Dich zu entschuldigen. Dass sie sich Sorgen gemacht haben ist ja wohl verständlich, oder?"

„Ja," kam es kläglich von Kathi. „ Ich habe es ja schon versucht, aber sie reden ja gar nicht mit mir." Als sie Ännes Blick sah, fügte sie zerknirscht hinzu: „Ich werde es gleich noch mal versuchen."

Zaghaft versuchte Kathi erneut Stefan und Hanna zu erklären, dass sie überhaupt nicht nachgedacht hätte und dass sie sich gar nicht hatte vorstellen können, dass sie sich solche Sorgen um sie machen würden. Dann brach sie in Tränen aus.
Änne sah am Gesicht ihrer Mutter, dass Kathi ihr leid tat. Nach einigem Hin- und Her kamen Stefan, Hanna und Kathi überein, dass das Thema der Vergangenheit angehören sollte. Zwar war die Stimmung noch immer ein bisschen frostig, aber Kathi und Änne empfanden das nicht als allzu schlimm.
Das Wichtigste war: Kathi durfte bleiben.
Viel zu schnell ging der Urlaub vorbei und Kathi träumte noch lange Zeit von „ihrem Eric".

„Ach ja," seufzte Kathi in den Telefonhörer und konnte sich kaum von den Erinnerungen der vergangenen Zeiten lösen. „Das war schon ein echt toller Typ."

„Hallo, willkommen zurück im Jahre 2001!!" lachte Änne. „Du, ich muss Schluss machen, ich habe einen Termin beim Frisör. Also, träum noch ein bisschen von vergangenen Tagen, bis bald mal wieder."

„Ja, dann mach's gut und meldet dich, wenn es was Neues gibt," verabschiedete sich auch Kathi.

Kiew

Inzwischen waren die Adoptionspapiere in Kiew übersetzt worden und durchliefen nun den juristischen Weg, der aus drei Prüfungen bestand. Zunächst wurde nichts gefunden, was zu beanstanden gewesen wäre. Doch dann, kurz nach Weihnachten, als die Papiere im Adoptionszentrum nochmals durchgeschaut wurden, fiel auf, dass in der Vorabzustimmung des Ausländeramtes nur stand, dass sie der Einreise des Kindes vorab zustimmen.

„Was muss denn in dem Papier stehen?" fragte Änne Lilia beim nächsten Telefonat verzweifelt. Wenn ein Papier neu gemacht werden musste, dann stand Ihnen wieder der ganze Weg bis Remagen bevor. „Es muss heißen: ‚zur Einreise und zum dauerhaften Aufenthalt,'" antwortete Lilia. „Ihr könnt jetzt auch schon mal das Visum für euch beantragen."

„Das haben wir schon letzte Woche gemacht," sagte Änne. „Wann können wir denn genau fliegen?"

„Ihr könnt für den 10. Januar einen Flug buchen," war Lilias Antwort. „Am besten bucht ihr mit Zwischenstop, das ist nämlich nicht so teuer." Änne musste trotz ihres Frustes bezüglich der Vorabzustimmung lachen.

Lilia war immer um die Finanzen der Adoptiveltern besorgt.

„Ich melde mich noch mal bevor wir fliegen," verabschiedete sich Änne. „Gut, dann viel Glück mit der Vorabzustimmung – und fast hätte ich es vergessen, sag bitte Werners, dass sie das Dokument ebenfalls neu machen müssen," fiel Lilia noch ein.

„Ja mache ich, und alles Gute, bis bald." sagte Änne und legte den Hörer auf, um ihn direkt wieder in die Hand zu nehmen und Werners über die veränderte Situation zu informieren.

Silvester war in diesem Jahr für Änne und Peter aufregender als alle Jahreswechsel in den vergangenen Jahren.

Als sie draußen im Schnee standen, mitten im Trubel ihrer Freunde, die sich gerade zuprosteten, sahen sie sich tief in die Augen.

„Auf ein glückliches neues Jahr," sagte Peter zärtlich zu seiner Frau. „Ich wünsche mir, dass all unsere Träume in Erfüllung gehen und wir schon bald „unser" Kind finden."
„Ich mir auch," flüsterte Änne und schmiegte sich an ihn. „Ich kann es kaum glauben - nur noch ein paar Tage und dann geht es endlich los."

Die Tage bis zum 10. Januar vergingen schnell. Es wurden Koffer gepackt, Kindersachen und Spielzeug, das Freunde und Bekannte brachten, sortiert und nach und nach wurde aus dem Büro ein Kinderzimmer. Akten verschwanden in Kartons, eine Ernie-und-Bert-Borte wurde geklebt und das Kinderbett von Freunden aufgebaut. Ein alter Schrank wurde mit blauer Folie beklebt und mit bunten Griffen aus dem Baumarkt in einen wirklich tollen Kinderschrank verwandelt. Änne hatte Ernie und Bert aus Window-Colour gemalt und ans Fenster geklebt. Es machte Peter und Änne unsagbar viel Spaß dieses Zimmer liebevoll herzurichten. Am Abend, als alles fertig geworden war, nahm Peter seine Änne ganz fest in den Arm.
„Ich freue mich so sehr," sagte er leise.

Bei der Bank mussten sie Dollar und Deutsche Mark in kleinen Scheinen vorbestellen und abholen. Die Tickets mussten aus dem Reisebüro geholt werden, und vor allem fehlte noch die Beglaubigung der Vorabzustimmung.
Das beglaubigte Dokument wollten sie dann direkt mit nach Kiew nehmen.

Änne und Elfi Werner hatten beschlossen, gemeinsam zur Botschaft zu fahren. Da diese um 7 Uhr öffnete, verabredeten sie sich für 4.45 Uhr zu Abfahrt.
Elfi hatte sich angeboten zu fahren.
In der Nacht davor konnte und konnte Änne nicht einschlafen. Immer wieder gingen ihr die verschiedensten Gedanken durch den Sinn. Sie stellte sich immer wieder die Situation vor, sich für ein Kind entscheiden zu müssen. Was war, wenn das Kind ihnen nicht gefiel? Was, wenn es gar kein Kind für sie gab?

Sie tröstete sich immer wieder damit, dass noch keine Familie ohne Kind nach Hause gefahren war und dass alle ein Kind gefunden hatten, das absolut zu ihnen passte. Erst gegen drei Uhr fiel Änne in einen bleiernden Schlaf. So kam es auch, dass sie den Wecker, der sie wie immer mit leiser Musik wecken sollte, nicht hörte. Als um 5.15 Uhr das Telefon klingelte, schreckte sie – total aus dem Tiefschlaf gerissen - hoch und taumelte in den Flur. „Ja?" nuschelte sie verschlafen in den Hörer. „Guten morgen, hier ist Elfi. Du hast doch wohl nicht etwa verschlafen?" Mit einem Mal war Änne hellwach. Das war doch nicht zu glauben – verschlafen hatte sie vielleicht zwei mal in ihrem Leben. Und das gerade heute. „Ich bin sofort da," beeilte sie sich zu sagen und sprintete ins Bad.

Auf dem Weg nach Remagen hatte sie ein wirklich schlechtes Gewissen – was, wenn es in Remagen wieder so voll war wie beim letzten Mal und sie deshalb so lange warten mussten. Und das alles nur, weil sie verschlafen hatte. Aber als sie in die kleine Straße einbogen, - es war kurz nach halb acht -, sahen sie lediglich ein Auto vor der Botschaft parken. Schnell trugen sie sich in die Liste ein – diesmal wurden sie als Nummer 2 aufgerufen.. Alles ging völlig zügig und reibungslos. Wieder saßen sie in dem kleinen Vorraum, doch war es lange nicht so voll, wie an dem Tag, als Änne mit Peter dort gewesen war. „Wie habt ihr euch eigentlich kennen gelernt?" fragte Elfi interessiert. „Ja," antwortete Änne nachdenklich, „das war eine ziemlich schwierige Angelegenheit. Wir kannten uns schon sehr sehr lange. Eigentlich fand ich Peter immer sehr sympathisch und ich hätte mir auch mehr als Freundschaft vorstellen können, aber irgendwie sollte das zuerst nicht sein.

Ich erinnere mich, dass wir uns einmal - das muss Anfang der 80er Jahre gewesen sein - zufällig in der Stadt getroffen und dann einen Kaffee zusammen getrunken haben. Ich weiß noch genau, dass ich dachte: ‚Das ist ganz mein Typ,' und er quasi als Antwort auf meine Gedanken sagte: 'Weißt du eigentlich, dass ich seit ein paar Wochen mit Martina zusammen wohne?'

Damit hatte sich das Ganze erledigt, bevor ich es richtig angedacht hatte.

Die nächsten Jahre blieben wir in freundschaftlichem Kontakt und freuten uns immer sehr, wenn wir uns mal trafen. Er war für mich die ganzen Jahre etwas Besonderes.

Dann – 1988 - ging ich am Haus seines besten Freundes vorbei, der dabei war, sein Motorrad zu putzen. Wir klönten ein bisschen herum, bis er dann meinte, er müsse sich etwas beeilen, denn er wolle Peter noch beim Umzug helfen.

‚Ach' fragte ich etwas desinteressiert, ‚ziehen Peter und Martina um?'

‚Nein', antwortete er, ‚Peter zieht aus.'

Da wurde ich plötzlich wach und fragte ihn noch ein wenig aus, um dann an den nächsten Abenden in Peters Stammkneipe aufzutauchen.

Es war, wie es immer war.

Wir freuten uns sehr uns zu sehen und standen jedes Mal zusammen und erzählten über Gott und die Welt. Als er mich am dritten Abend nach Hause fuhr, küssten wir uns das erste Mal.

Ihm ging das alles ein bisschen schnell, aber ich war schließlich fast zwei Jahre alleine gewesen und wollte ihn mir nicht wieder vor der Nase wegschnappen lassen. Also ließ ich ihm keine Chance.

Doch dann – eine Woche, nachdem wir uns näher gekommen waren – bekam ich das große Flattern.

Meine Clique war eifersüchtig: sie warfen mir vor, ich hätte keine Zeit mehr für sie und so war ich hin und her gerissen.

Außerdem begann Peter zu klammern in einer Art, die mir Angst machte.

Ich merkte nämlich ganz genau: wenn du dich auf ihn einlässt, dann wird das verdammt ernst.

Wollte ich das wirklich?

Eigentlich war es doch auch ganz schön gewesen, alleine um die Häuser zu ziehen und zu machen was ich wollte.

Also machte ich nach einer Woche Schluss. Ich machte Schluss, bevor es eigentlich ernst wurde.

Für Peter brach eine Welt zusammen. Schließlich war er derjenige gewesen, der zuerst gemeint hatte, wir sollen es langsam angehen lassen, da er die Geschichte mit seiner Ex-Freundin noch nicht ganz verdaut hatte. Doch ich war immer seine Traumfrau gewesen – so erzählten mir seine Freunde. Aber irgendwie sollte es wohl nicht sein.

Als ich am nächsten Montag wieder ins Büro kam und meiner Kollegin, mit der ich auch privat ganz gut befreundet war und die Peter bereits kennen gelernt hatte, erzählte, was ich getan hatte, fiel sie aus allen Wolken.
Sie fragte mich allen Ernstes, ob ich noch alle Tassen im Schrank hätte. Einen so tollen Mann würde ich im Leben nie wieder finden und ich sollte jetzt meinen Hintern bewegen und ihn noch mal anrufen.
Und das tat ich dann auch. Den ganzen Tag versuchte ich ihn zu erreichen – ohne Erfolg.
Kurz vor Feierabend gab ich es auf. Meine Kollegin versuchte es dann noch zum allerletzten Mal – und plötzlich hörte ich sie stottern: ‚Äh, Moment mal, ich verbinde.'
Ich dachte, ich kriege die Krise. Was sollte ich jetzt sagen?
Ich stammelte mir einen ab und Peter stellte sich stur, was ja auch vollkommen verständlich war. Schließlich hatte ich ihm unmissverständlich gesagt, dass ich ihn nicht wollte.
Aber irgendwann ließ er sich erweichen, sich noch einmal mit mir zu treffen. Und bis dahin überlegte ich mir genau, was ich eigentlich wollte.
Wer war wichtiger, die Clique oder er?
Es war eine Entscheidung für mein ganzes Leben. Und ich habe meine Entscheidung nie bereut. Zwar brach der Kontakt zu meinen „Freunden" nach und nach ab, weil sie mich lieber alleine haben wollten – aber das war mir irgendwann auch nicht mehr wichtig."
Noch während Änne erzählte, wurden sie in die Schalterhalle gerufen und bereits gegen zehn waren sie auf dem Rückweg und fuhren die Serpentinen aus dem Wohngebiet zur Schnellstraße hinunter, als sie über der vor ihnen liegenden Stadt Remagen einen Regenbogen sahen.
„Schau mal," rief Änne aus. „Ein Regenbogen!"

„Tatsächlich," staunte Elfi. „Wie schön. Das ist ein gutes Zeichen für unser Vorhaben."

„Warum?" wollte Änne wissen.

„Weil im 1. Mose Vers 6 – 9 steht, dass Gott den Menschen einen Regenbogen als Versöhnungs- und Hoffnungszeichen schickt," erklärte ihr die bibelfeste Elfi.

Änne sah sie bewundernd von der Seite an und strahlte über das ganze Gesicht. „Das habe ich gar nicht gewusst, aber jetzt habe ich ein wirklich gutes Gefühl."

Der letzte Tag vor der Abreise war hektisch. Ständig klingelte das Telefon, denn alle Freunde und Verwandte wollten eine gute Reise wünschen.

Änne und Peter waren in einer seltsamen Stimmung - eine Mischung aus Vorfreude und Angst vor der Ungewissheit. Als sie abends im Bett lagen konnten sie lange nicht einschlafen – viel zu viel ging ihnen im Kopf herum. „Morgen Abend schlafen wir schon in Kiew," sagte Peter und schluckte. „Ich bin mal gespannt, was alles auf uns zukommt."

„Das bin ich auch," gähnte Änne. „Ich bin so müde, aber schlafen kann ich trotzdem nicht. Unser Kind schläft jetzt schon – ‚spi haraschor' - schlaf gut mein Kind."

Um 3 Uhr klingelte der Wecker. Wie narkotisiert versuchten Peter und Änne wach zu werden, denn es musste alles schnell gehen. Bereits 50 Minuten später klingelte schon ihre Freundin Karin an der Tür, um sie zum Flughafen nach Frankfurt zu bringen, wo sie fast pünktlich um 7.25 Uhr abhoben.

Das Abenteuer begann.

Im Jumbolino von Swiss Air atmeten Peter und Änne auf. „Das hätte ganz schön teuer werden können," bemerkte Peter. „Wir hatten doch nur 20 kg Übergewicht, und dafür 600 DM zu zahlen ist ganz schön heftig, oder?"

„Wie gut, dass der Mann ein Einsehen hatte, als wir ihm gesagt haben, dass in dem Koffer mit dem Übergewicht Kindersachen für die Kinder in den Heimen sind," entgegnete Änne und lehnte sich in ihrem Sitz zurück.

Zunächst ging es nach Zürich, von wo es nach 2 ½ Stunden Aufenthalt endlich nach Kiew ging. Irgendwo zwischen Zürich und Kiew hielt Änne plötzlich die Luft an: „Schau mal," rief sie aufgeregt. „Ein Regenbogen! Oder ist das eine Luftspiegelung?" „Wohl eher ein Regenbogen," antwortete Peter. Änne lachte glücklich. Sie erzählte ihm, was ihr Elfi über einen Regenbogen erzählt hatte, was in der Bibel steht und was ein Regenbogen für sie bedeutete. Peter nahm ihre Hand in die seine und sagte:. „Dann kann uns doch gar nichts mehr passieren. Ich bin davon überzeugt, dass wir unser Kind finden, das zu uns passt." „Spätestens jetzt bin ich das auch," sagte Änne und schmiegte sich an ihren Mann.

Um 14.30 Uhr Ortszeit, das heißt mit einer Stunde Zeitverschiebung, landeten sie in Kiew. Als erstes musste Änne eine Ukrainische Krankenversicherung abschließen. Das war Pflicht für jeden, der in das russische Land einreisen wollte. Während sie noch mit dem Ausfüllen des Antrages beschäftigt war, hatte sich Peter schon am Einreiseschalter angestellt, wo kurz darauf ihre Pässe kontrolliert wurden. Nachdem sie endlich ihre vielen Gepäckstücke beieinander hatten, musste die Zollerklärung ausgefüllt werden. Das war gar nicht so leicht, da alles in Englisch war. Änne beherrschte zwar die englische Sprache ganz gut, aber es waren sehr viele spezielle Ausdrücke, die sie in ihrem Schulenglisch noch nie gehört hatte. Es waren noch einige Fluggäste, die auch deutsch sprachen und so fragte sie sich von einem zum anderen durch, bis sie die Zollerklärung endlich vollständig ausgefüllt hatte. Angeben mussten sie die Videokamera, den Fotoapparat, das Handy und das Bargeld, was sie mithatten. „Haben Sie etwas zu verzollen?" fragte der Beamte vor ihnen. „Nein, wir haben nur das mit, was ich hier auch angegeben habe," antwortete Änne und überreichte dem Mann in der blauen Uniform ihre Zollerklärung. Er schaute nur kurz drauf und fragte wieder: „Haben sie etwas zu verzollen?"

„Nein," antwortete Änne wieder und langsam wurde ihr heiß. Der gute Mann wollte doch wohl nicht ihr gesamtes Gepäck durchsuchen? "Haben sie Geschenke dabei?" fragte er wiederum. „Ja," sagte Änne überrascht. Mit einer so direkten Frage hatte sie nicht gerechnet. „Was genau haben sie bei sich?" wollte der Beamte wissen. „Kugelschreiber und so," nuschelte sie und ihr Gesicht nahm langsam etwas rote Farbe an, denn das war nicht ganz die Wahrheit. Sie hatten auch ein paar Nylonstrümpfe, kleine Parfüm-Flacons und Eurotaschenrechner als Dankeschön mitgenommen. Aber dann endlich gab er auf, strich die leeren Felder auf der Zollerklärung durch und gab sie ihr zurück. „Dann gehen sie bitte durch," winkte er sie durch die Kontrolle. Endlich!

Als sie aus der Kontrolle ins Flughafengebäude kamen, fühlten sie sich sehr hilflos und allein. Überall begrüßten sich Menschen auf Russisch, ein Kind weinte und im ersten Augenblick wussten sie gar nicht wohin sie gehen sollten. Doch dann entdeckte Peter Lilia mit einem Schild auf dem „Weissenburg" zu lesen war.
„Da ist Lilia," stieß Peter erleichtert aus und schleppte das Gepäck durch die Menge.
„Da seid ihr ja," rief Lilia, als sie ihn erblickte. Peter stellte das Gepäck ab und winkte Änne herbei. Lilia umarmte die zwei herzlich - es war fast so, als würden sie sich schon ewig kennen. „Das ist unser Taxifahrer Sascha." Sie zeigte auf einen kleinen schlanken Mann mittleren Alters. „Kommt." Sie winkte und zeigte dann in die Richtung, in die sich die Menschenmenge bewegte. „Hier geht's raus.."
Resolut nahm Lilia Änne eine Tasche aus der Hand und ging in Richtung Ausgang.
Als Änne und Peter das Taxi auf dem großen Parkplatz stehen sahen, waren sie sehr überrascht, wie klein der Wagen war. Und da sollten all ihre Gepäckstücke reinpassen? Es wurde geschoben und gestapelt und zum guten Schluss quetschten sich Lilia und Änne noch hinten mit hinein. „Los geht's," rief Lilia fröhlich.

76

Sie fuhren auf gut ausgebauten Straßen durch Kiew und bewunderten die schönen alten Gebäude, die zwar zum Teil verfallen waren, aber dennoch den Glanz der früheren Zeiten widerspiegelten. Sie überquerten den circa 2200 km langen Dnjepr, der, mit dem Ursprung in den Waldaihöhen durch die ganze Ukraine fließt, um dann im Schwarzen Meer zu münden. Im Zentrum der Stadt konnten sie die Sophienkathedrale sehen, die bereits im 11. Jahrhundert erbaut wurde. Es war faszinierend, wie schön diese Stadt war. Peter bedauerte es sehr, als Lilia ihm sagte, dass sie wohl keine Zeit dazu hätten Kiew anzuschauen, aber Änne und Peter waren sich einig: Einen Besuch als Touristen in Kiew würden sie in jedem Fall nachholen.

Das Hotel, welches Lilia ausgesucht hatte, befand sich nicht direkt in der Stadt, sondern etwas außerhalb. Es war ein großes Gebäude und als sie in die Empfangshalle kamen waren sie überrascht. Es empfing sie ein sehr gepflegtes Ambiente und alles sah wirklich empfehlenswert aus. Lilia bat die zwei in der Halle auf sie zu warten, sie wolle die Zimmer für sie organisieren.
Nach kurzer Zeit kam sie zurück und bat um ihre Pässe. „Die Pässe brauche ich zur Anmeldung," erklärte Lilia. „Außerdem muss man in jeder Stadt, in der man sich aufhält eine gültige Aufenthaltsgenehmigung haben. Gebt mir bitte etwas Geld, dass ich das Hotelzimmer direkt bezahlen kann." Lilia verschwand wiederum in dem langen Flur.
Lange saßen Änne und Peter neben ihren diversen Koffern und warteten. Nach geraumer Zeit kramte Änne ihr Handy heraus und begann eine SMS an ihre Eltern zu schreiben: ‚ Hallo, wir sind in Kiew gut gelandet, Lilia organisiert seit fast einer Stunde ein Hotelzimmer für uns. So, da ist sie wieder, alles klar. Wir melden uns morgen.'

Während sie die Koffer im Zimmer abstellten, piepste das Handy. „Oh," Änne sah auf das Display. „Eine Nachricht von Papa. Das ging aber schnell."
Sie lehnte sich gegen die Hotelzimmertür und las laut: „Mitteilung angekommen. Bin sehr gespannt, wie es weitergeht.

Gib Peter mal einen Wodka, damit er ruhig gestellt wird. Viel Erfolg."

Lilia lachte auf: „Dein Vater ist ein lustiger Typ, oder?"
„Meistens," schmunzelte Änne, während sie vergeblich versuchte, einen Koffer unter ihr Bett zu schieben.
„Gut ihr zwei, morgen früh geht's los. Ich hole euch um 8 Uhr hier im Hotel ab und dann fahren wir erst einmal wegen der Übersetzung der Vorabzustimmung nach Kiew rein. Außerdem müssen wir noch mal wegen dem Adoptionsantrag zum Notar, da muss nämlich noch etwas geändert werden."
Peter schaute Lilia überrascht an. „ Was muss denn da jetzt noch geändert werden?" wollte er wissen.
„Keine große Sache," beruhigte ihn Lilia. „Es muss nur an der Formulierung etwas geändert werden. Also dann bis morgen früh." „Tschüss," verabschiedeten sich die zwei und hielten Lilia die Tür auf.

Sofort stellte Peter die Koffer in den Gang direkt vor die Tür, damit im Notfall diese nicht einfach zu öffnen war. „Mach mir keine Angst," meinte Änne eher scherzhaft und setzte sich aufs Bett. Es war mit einer dunkelroten Tagesdecke bezogen. Alles sah recht ordentlich aus. Sie legte sich aufs Bett und schrieb alle Ereignisse des Tages in ihr Tagebuch. Sie hatten mit einigen anderen Familien gesprochen und alle hatten ein solches Tagebuch geführt. Sie hatten gemeint, es würden so viele Dinge auf sie zukommen, die sie am Ende der Reise schon wieder vergessen hätten. Und das wäre doch für „ihr Kind" schade, wenn es später nicht genau den Weg verfolgen konnte, den sie für ihn oder sie gegangen waren.
Nach kurzer Zeit legte sie das Buch zur Seite, gähnte herzhaft und gab ihrem Mann einen Kuss. Dann kuschelte sie sich in die fremde Decke und war innerhalb weniger Minuten eingeschlafen.
Am nächsten Morgen stand Änne um punkt acht Uhr am Fenster. Sie konnte von dort aus den Vorplatz des Hotels sehen und hoffte, schon einen Blick auf Lilia erhaschen zu können, wenn sie mit dem Taxi vorfuhr.

Doch so lange sie auch dort wartete – es tat sich nichts. Als sie auf die Uhr sah, war es bereits halb neun und von Lilia war weit und breit nichts zu sehen. Langsam wurde sie nervös.

Hier waren sie nun in einem fremden Land, dessen Sprache sie kaum sprechen konnten und mussten der Dinge harren, die da kommen würden. „Wo bleibt sie denn nur?" fragte Änne mehr zu sich selbst.

Peter, völlig unbeeindruckt von der Situation, lag angezogen auf seinem Bett und hatte die Augen geschlossen.

„Sie wird schon gleich kommen, bleib ruhig," murmelte er halb im Schlaf, „das gibt mir die Möglichkeit noch ein wenig zu ruhen. Lilia wird bestimmt schon irgendwas für uns erledigen."

„Das könnte gut sein," sagte Änne schon etwas beruhigter.

Sie waren dann aber doch sehr froh, als es gegen 9 Uhr klopfte und Lilia ihnen erzählte, dass sie bereits die Vorabzustimmung zum Notar gebracht hatte.

Nachdem sie die Koffer zur Aufbewahrung in einem Nebenraum des Hotels abgestellt hatten, fuhren sie mit der Metro in die Stadtmitte von Kiew. Schnell hetzten sie mit Hunderten von Ukrainern durch die Gänge der Metrostation und hatten kaum Zeit die wunderschönen bebilderten Säulen zu bewundern, die ihren Weg säumten. Schnell ging es für sie auf die völlig überfüllten riesigen Rolltreppen nach oben.

Auch die Metro war hoffnungslos überfüllt – gerade noch konnten sie einen Fensterstehplatz ergattern.

Als sie auf einer riesigen Brücke über den Dnjepr fuhren erzählte Lilia von den vielen Stauseen mit ihren Wasserkraftwerken und dass der Fluss durch einen fast 100 Kilometer langen Kanal mit der Ostsee verbunden ist.

Änne und Peter sahen auf das glänzende Wasser, an dessen Ufer wunderschöne Kuppelburgen lagen. „Wie schön," seufzte Änne. „Ich hätte gar nicht gedacht, dass Kiew so schön ist."

Zuerst fuhren sie zum Notar, dann ging es ins Adoptions-zentrum. Hatten sich Änne und Peter diesen Ort als ein alleinstehendes schönes altes Gebäude vorgestellt – vergleichbar mit einem Botschaftsgebäude an dessen Dach die ukrainische Flagge wehte - so irrten sie.

Die Räumlichkeiten lagen in einem typischen Reihenhaus und völlig unauffällig. Wenn Lilia nicht gesagt hätte, dass dort der Eingang sei, wären sie wohl vorbeigegangen.

Einige Treppen hinauf kamen sie in einen langen Gang, von dem viele Türen abgingen. „Montags ist hier die Hölle los," sagte Lilia. „Die meisten Adoptiveltern reisen am Wochenende an und sind dann am Montag morgen hier."

„Gut, dass wir an einem Donnerstag hier sind," bemerkte Peter und sah sich um. Nur vereinzelt saßen ein paar Ehepaare und warteten.

Deshalb wurden sie schon nach kurzer Wartezeit in ein Zimmer gebeten.

Lilia und Änne hatten abgesprochen, dass Änne sich selbst vorstellen sollte und so sagte sie auf russisch: „Ich heiße Änne und das ist mein Mann Peter. Wir wollen ein Kind adoptieren."

„Wie alt soll das Kind denn sein?" fragte die blonde schlanke Frau, die ihr gegenüber saß. Änne sah Lilia fragend an. Sie hatte nicht verstanden, was die Frau sie gefragt hatte.

„ Sie hat gefragt wie alt das Kind sein soll! Was stand in Eurem Antrag?" übersetzte Lilia. „Bis drei Jahre!" sagte Peter. Diese Antwort übersetzte Lilia für Änne ins Russische.

Änne versuchte die Worte möglichst genau nachzusprechen und sah die Mitarbeiterin des Adoptionsbüros an. Sie lachte und sagte auf russisch: „Na, dann wollen wir mal sehen, was wir machen können."

„Das kam gut an," flüsterte Lilia Peter und Änne zu. Sie sahen, wie die Frau zu einem Schrank an der Stirnseite des Zimmers ging und eine Akte herauszog.

Sie setzte sich wieder an den Schreibtisch und schob Änne und Peter zwei Bilder hinüber.

Aufgeregt blickten sie auf das Bild. Es war ein etwa dreijähiger Junge, der einen viel zu großen Kopf hatte. „Mmh," machte Peter. „Sieht ein bisschen komisch aus, oder?" und hielt Lilia das Bild hin.

„Stimmt, zeig mal das andere." Darauf war ein etwa ein- bis zweijähriger blonder Junge zu sehen, der bei dem Foto wohl gerade Kopf und Hände bewegt hatte. Entsprechend verschwommen war das Bild. Außerdem hatte er das Gesicht zu einer seltsamen Fratze verzogen. Lilia lachte kurz auf.

Sofort sah die Blonde zu ihr hinüber und fragte, warum sie lachen würde. Lilia versuchte ihr zu erklären, dass das Kind in unseren Augen etwas seltsam aussah.

Daraufhin stand die Angestellte auf und holte noch einige andere Bilder. Sie sahen ein wunderschönes dunkelhaariges Mädchen, das aber schon sechs Jahre alt war. Sie gefiel ihnen ganz gut, aber dann hörten sie dass sie geistig behindert war. Änne und Peter sahen sich an. Nein, sagten ihre Augen, wir wollen gerne ein gesundes Kind.

Und sie kamen sich irgendwie schlecht vor.

Nach etwa zwei Stunden saßen sie in einem Wust von Bildern und konnten sich noch immer nicht entscheiden.

Eine Entscheidung musste nun mal her – egal – und wenn alle Kinder behindert waren, irgendwo hin mussten sie zunächst einmal fahren. Sie konnten ja im Heim immer noch nein sagen. Aber davor scheuten sie sich natürlich. Ihnen wäre es lieber, sie würden direkt ein Kind anschauen, was ihnen gefällt.

Lilia nahm ein Foto, dass sie sich ausgesucht hatten und sah es sich an. Sie schüttelte den Kopf. „Seid ihr sicher?"

Änne und Peter zuckten mit den Schultern. Lilia sagte zu der Dame hinter dem Schreibtisch einige Worte, worauf diese sich eine Akte holte und den Telefonhörer abnahm.

„Sie ruft mal im Heim an und fragt nach dem Jungen," erklärte ihnen Lilia. Doch schon nach ein paar Worten sahen sie der Sachbearbeiterin an, dass das Telefonat nicht erfolgreich war.

„Die Heimleitung rät von einem Besuch ab," übersetzte Lilia nach kurzer Rücksprache. „Der Junge ist schwer behindert."

Langsam wurden Änne und Peter nervös. Seit Stunden saßen sie im Adoptionszentrum, was sollten die Frauen von ihnen denken, wenn sie jedes Bild ablehnten.

Gerade hatten sie sich ein Foto ausgesucht, als Lilia plötzlich aufgeregt zu ihnen kam.

„Schnell, wir fahren auf die Krim. Dort sind zwei gesunde Jungen frei."

Änne und Peter rafften schnell ihre Sachen zusammen und liefen Lilia hinterher, die bereits aus dem Zimmer gestürzt war.

Im Laufen erklärte sie ihnen: "Erst müssen wir noch ein paar Kopien machen, die wir für die Genehmigung für den Besuch in dem Kinderheim brauchen. Wenn alles klappt, fahren wir heute Abend noch mit einem Nachtzug nach Mariupol, einer Stadt am Schwarzen Meer. In dem Kinderheim dort sind zwei Jungen frei – es sind schon Leute aus Frankreich dorthin unterwegs und suchen sich ein Kind aus. Wenn wir dort hinkommen, wird also nur noch ein Kind frei sein. Die Jungen sind beide gesund; eines ist 1998 und das andere 1999 geboren."

„Da wird bestimmt das ältere Kind übrig bleiben," meinte Peter spontan. „Die meisten Leute wollen doch möglichst kleine Kinder."

Während sie auf die Erstellung der Genehmigung warteten, saßen die drei im Flur des Adoptionszentrums. Es war früher Nachmittag und außer ein paar Putzfrauen und hin und wieder einem Mitarbeiter, der sofort wieder hinter irgendeiner Tür verschwand, war niemand zu sehen.

Plötzlich kamen zwei Frauen und ein Mann die Treppe hoch. Änne sah auf, als sie hörte, dass deutsche Worte fielen.

„Seid ihr Deutsche?" fragte sie.

Die jüngere der Frauen kam sofort zu ihnen. „Ja, wir kommen aus der Nähe von Kassel. Wie lange seid ihr denn schon hier?"

„Wir sind gestern angekommen und fahren nachher auf die Krim. Und ihr?" antwortete Peter.

„Wir sind schon fast eine Woche hier und haben immer noch kein Kind angesehen, weil unsere Papiere nicht in Ordnung sind," war die Antwort. „Unsere Betreuerin ist lediglich Übersetzerin und hat noch nie eine Adoption begleitet."

Sofort begann Lilia ein Gespräch mit der Übersetzerin. Während diese ihr Notizbuch aus der Tasche zog und eifrig zu schreiben begann, gab Lilia ihr wertvolle Tipps für den weiteren Behördenweg.

Zwischenzeitlich übergab eine kleine zierliche dunkelhaarige Dame Lilia die Genehmigung für das Kinderheim, die sie sogleich einsteckte.

Nach geraumer Zeit, die Deutschen hatten untereinander Adressen und Handynummern ausgetauscht, sah Änne auf die

Uhr und stellte fest, dass sie sich bereits seit fast zwei Stunden unterhielten.
Da sie aber noch nicht wussten, ob und vor allem wann ein Zug nach Mariupol ging, mussten sie schleunigst aufbrechen.

Am Bahnhof stellten sie fest, dass der erste Zug, der um halb drei gefahren wäre, bereits weg war. Peter blickte auf die große Bahnhofsuhr: Es war zehn nach vier. Die nächste und letzte Verbindung für diesen Tag war bereits in einer Stunde. Nun brach Hektik aus. Änne und Peter mussten sich sehr beeilen hinter Lilia herzukommen, die, nachdem sie in Windeseile am Schalter Fahrkarten gekauft hatte, schnellen Schrittes ein Taxi ansteuerte. Wild gestikulierte sie mit dem Fahrer und rief ihnen dann zu:" Ihr fahrt ins Hotel und holt Eure Koffer, ich hole derweil die Papiere vom Notar ab." Gesagt, getan. Das Taxi raste los und Peter und Änne mussten sich in jeder Kurve am Türgriff festhalten. Wie sich später herausstellte, braucht man für die Strecke, die durch ganz Kiew führt eigentlich hin und zurück circa 80 Minuten. Das „Turbo-Taxi" mit dem sie unterwegs waren brauchte jedoch für die Hin- und Rückfahrt nur 45 Minuten.
Das war echter Rekord.
Mit quietschenden Reifen fuhren sie vor dem Hotel vor, rannten durch die Hotelhalle, holten ihr Gepäck aus dem Raum, in dem es aufbewahrt wurde, um es dann – hau-ruck – durch die Halle zum Taxi zu schleppen.

Änne, die auf der Rückfahrt mit dem ganzen Gepäck hinten saß, brach der Schweiß aus. „Ich habe Angst," jammerte sie. „Und du," sagte sie zu Peter, „sitzt auf dem Platz, der am gefährlichsten ist."
Peter drehte sich um. Das Geheule hatte ihm gerade noch gefehlt. „Reiß dich zusammen. Willst du nun ein Kind oder nicht?" Das saß. Änne kauerte sich zusammen und schwieg. Während sie aus dem Fenster sah, flogen die Häuser und Menschen an ihr vorüber. Immer wieder sandte sie Stoßgebete zum Himmel, es möge nichts passieren.

Endlich. Mit quietschenden Reifen fuhren sie auf den Parkplatz vor dem Bahnhof. Lilia erwartete sie schon am Taxistand und hatte drei Gepäckträger organisiert. Schnell sprangen sie aus dem Auto. Die Gepäckträger schnappten sich ihre großen Koffer und rannten los. Peter, Änne und Lilia beeilten sich mit ihnen Schritt zu halten. Der Weg bis zum Zug war endlos lang. Es ging über den Vorplatz, durch eine lange Unterführung mit vielen Treppenstufen bis hin zum Bahnsteig. Weit vorne sah sie die Gepäckträger laufen. Änne begann zu japsen. Ihr Herz raste und die große Tasche schlug ihr bei jedem Schritt in die Kniekehle. „Komm, beeil dich," rief Peter, der schon ein ganzes Stück weiter vorne war. Änne kämpfte mit sich. Am liebsten wäre sie stehen geblieben.

Puh, endlich blieben die Männer mit dem Gepäck stehen und begannen die Koffer einzuladen. Während Lilia die Männer mit ihren letzten Gryvnja bezahlte, hatte auch Änne den Zug erreicht. Sie suchten sich ihr gebuchtes Schlaf-Abteil und noch bevor sie die Koffer verstauen konnten, gab es einen Ruck. Der Zug fuhr. Änne warf sich auf den Sitz und rang mit ihrem Atem. Sie hatte das Gefühl, als wollten ihre Lungen platzen. „Das war knapp," keuchte sie. „Ja," lachte Lilia, „aber geschafft ist geschafft."

Zehn Minuten später holte Änne ihr Handy raus und schrieb drei SMS an ihre Eltern: „Privjet, heute haben wir den ersten aufregenden Tag hinter uns. Erst ging es zum Notar, dann ins Adoptionszentrum. Dort wurden uns verschiedene Kinderbilder gezeigt...
Leider gefielen sie uns nicht. Sie waren alle krank. Lilia hat lange verhandelt und die Erlaubnis für ein gesundes Kind auf der Krim erhalten. Nach einer...
Aufregenden Blitzfahrt durch Kiew und über den Dnjepr, waren wir 45 Minuten später wieder mit Gepäck am Hauptbahnhof. Im Laufschritt zum Zug! Jetzt sitzen wir froh drin."

Peter sah sich im Abteil um. Sie saßen schließlich in einer Rarität aus dem Jahre 1918. Die rot bezogenen Sitze waren schon etwas zerschlissen, die Fenster gingen nicht auf und waren ziemlich dreckig. Die Heizung lief auf vollen Touren. Peter zog seinen Pulli aus und warf ihn über sich. Dort befand sich auf jeder Seite eine Schlafkoje, auf der dicke Federbetten lagen. Damit würden sie es sich später auf der 20-stündigen Fahrt gemütlich machen.

„Wir haben nicht viel zu trinken mit," bemerkte Änne nach kurzer Zeit.

„Das ist nicht schlimm," entgegnete Lilia. „Wir können im Restaurant etwas kaufen."

„Meinst du, die nehmen dort auch DM oder Dollar, denn wir haben keine Gryvnja mehr?" fragte Peter.

„Bestimmt," war sich Lilia sicher.

Doch als sie etwas später versuchten etwas mit ihren Devisen zu kaufen oder auch zu tauschen, hatten sie Pech.

So wurde die Nacht lang. Fast ohne trinken lagen sie in ihrem kleinen Abteil, das immer heißer und heißer wurde.

Änne und Peter wurde der Mund trocken und sie lechzten nach Flüssigkeit. Irgendwann am späten Abend brachte die Schaffnerin aus einem Samowar, der am Ende des Ganges stand, ihnen schwarzen Tee.

Da schwarzer Tee jedoch entwässernde Wirkung hat, hatten sie danach noch mehr Durst als vorher.

Lilia jedoch machte das alles nichts aus. Sie war so geschafft, dass sie sich schon am frühen Abend hingelegt hatte und sofort eingeschlafen war.

Es war still geworden. Nur das regelmäßige Rattern des alten Zuges war zu hören.

Mit dem Gedanken ‚hoffentlich fahren wir nicht morgen schon wieder zurück' schlief Peter schließlich ein.

Im Halbschlaf nahm Änne die quietschenden Räder wahr. Der Zug ruckte und stand. Türen wurden aufgeschlagen und von überall her hörte sie Leute sich auf russisch unterhalten. Änne streckte sich und zog die Vorhänge zurück. Draußen lag Schnee.

Durch die schmutzige Scheibe sah sie alte Frauen mit schwarzen Röcken und Umhängen. Sie hatten Kopftücher um und versuchten am Bahnhof Obst, getrocknete Hülsenfrüchte und diverse andere Kleinigkeiten zu verkaufen.

„Ob der Zug lange genug hält um draußen etwas zu trinken zu kaufen?" spekulierte Änne.

„Wir haben doch keine Gryvnja. Ich glaube kaum, dass sie DM oder Dollar haben wollen," warf Peter ein.

„Das vielleicht schon," widersprach Lilia, „aber das lohnt sich jetzt nicht mehr, denn in zwei Stunden sind wir sowieso da."

Und schon fuhr der Zug weiter. Wie gut, dass sie nicht ausgestiegen waren.

Alexander

In Mariupol fuhren sie, nachdem sie am Bahnhof ihr Gepäck in Schließfächern deponiert hatten, zunächst mit einem Taxi zum Kinderheim. Es ging über holprige Straßen, vorbei an alten Häusern, von denen der Putz abbröckelte. Viele Fenster waren mit Decken zugehängt oder mit Pappe zugenagelt. Plötzlich fuhr das Taxi in eine Einfahrt, die zwischen zwei riesigen Häuserblocks lag. Über einen Schotterweg fuhren sie auf ein flaches eingezäuntes Gebäude zu. Lilia sprang aus dem Auto und verschwand in einem Eingang über dem große hellblaue kyrillische Buchstaben leuchteten.

Änne und Peter warteten ungeduldig im Taxi, bis Lilia den Kopf durch die Taxitür steckte. Man sah ihr an, dass sie begeistert war. „Hast du den Jungen schon gesehen?" wollte Peter wissen.
„Ich darf nichts sagen," sagte Lilia laut und tauschte mit den Erzieherinnen, die ihr zum Taxi gefolgt waren, geheimnisvolle Blicke. Dann jedoch flüsterte sie ihnen zu: „ Er ist blond und hat blaue Augen – und er ist ganz süß!"
Atemlos suchte Änne Peter Blick. Das hörte sich gut an. „Wann können wir ihn sehen?" fragte Änne aufgeregt.
„Erst müssen wir noch zur Sozialarbeiterin fahren und Genehmigungspapiere abholen. Danach fahren wir wieder ins Kinderheim," war Lilias Antwort.

Als sie zum zweiten Mal am Kinderheim vorfuhren, flog die Eingangstür auf und zwei Frauen, die stellvertretende Direktorin und die Ärztin, kamen heraus. Peter stieg als erster aus und ging um das Auto herum auf sie zu. Als sie ihn sahen riefen sie sofort: „Papa, Papa!" Peter schaute sie verdutzt an.
Als Änne ausstieg schienen sie schier aus dem Häuschen zu sein, schlugen die Hände über dem Kopf zusammen und riefen: „Mama, Mama!"

„Wollen die uns schon ein schlechtes Gewissen machen, bevor wir das Kind gesehen haben, damit wir bloß nicht nein sagen?" murmelte Änne Peter zu. Der zuckte nur mit den Schultern.

Zwei der Frauen führten sie durch lange dunkle Flure in einen freundlichen Raum mit einem großen Fenster, unter dem eine Couch stand. In einer Ecke des Raumes konnte sie Kinderspielzeug liegen sehen. An der anderen Seite des Zimmers lagen Unmengen von Büchern auf langen Tischen und in Regalen. Während Änne und Peter sich umsahen, unterhielt sich Lilia mit der Ärztin. Nach einiger Zeit übersetzte sie ihnen: „Sie sagen, das Kind heißt Wladic und sieht aus wie Mutter und Vater – also wie ihr. Vor uns waren schon Franzosen da, die sich für das andere Kind entschieden haben. Und das, obwohl ihnen alle geraten haben Wladic zu nehmen, weil er geistig viel besser entwickelt ist. Die Franzosen aber wollten das andere Kind lieber haben, weil er genauso dünn war, wie sie selbst. Er heißt jetzt Jule. Wladic war den Franzosen zu dick. Er heißt übrigens mit vollem Namen Wladowitsch Alexandrowitsch. Wladic ist 19 Monate alt, gesund, ist blond und hat blaue Augen."

Änne und Peter starrten sie mit großen Augen an und sogen jedes Wort von ihr in sich auf. „Aber anschauen könnt ihr ihn erst später, denn es ist Mittagszeit und die Direktorin ist zu Tisch und die stellvertretende Direktorin darf euch Wladic nicht allein zeigen," sagte Lilia und sah die Ärztin an.

Diese lächelte Änne und Peter aufmunternd an und zeigte auf das Sofa unter dem Fenster. Das sollte wohl heißen, dass sie dort warten sollten.

Änne setzte ihren Rucksack am Boden ab und ließ sich in den tiefen Sitz fallen, während die Frauen verschwanden.. Änne sah Peter an: „Hoffentlich dauert das nicht so lange, ich bin total nervös." Schon sprang sie wieder auf und begann im Zimmer auf und ab zu laufen.

Warten. Warten. Warten.

Die Zeit verging im Schneckentempo.

Warten. Warten. Warten.

Nach fast einer Stunde ging endlich die Tür auf und Lilia winkte ihnen zu: „Folgt mir!" Sie führte sie in das Zimmer der Direktorin. Freundlich wurden sie von einer Dame mittleren Alters empfangen. Diese setzte sich an ihren Schreibtisch, der mit dem davorstehen Tisch wie ein T aufgestellt war. Auf ihrem Schreibtisch wehte in Kleinformat die gelb-blaue Flagge der Ukraine.

Änne, Peter und Lilia nahmen nebeneinander an dem Längstisch Platz, gegenüber von der stellvertretenden Direktorin und der Ärztin.
Lilia begann zu übersetzen: „Der Junge heißt Wladowitsch Alexandrowitsch und ist 19 Monate alt. Seine Mutter hat ihn direkt nach der Geburt im Krankenhaus gelassen. Nach drei Monaten ist er in dieses Heim gekommen. Er ist altersgerecht gut entwickelt und kann schon 10 Worte russisch sprechen. Er ist geimpft gegen Mumps/Masern/Röteln, Tetanus und Polio. Nach der Geburt hatte er eine Gelbsucht, aber keine Hepatitis. Etwas Probleme hatte er mit der Hüfte, deshalb sollten die Eltern zu Hause einen Orthopäden aufsuchen. Ansonsten ist Wladic negativ getestet worden auf Aids und Syphilis." „Und was ist mit Hepatitis?" wollte Änne wissen.

Sie sah die Ärztin mit dem Kopf schütteln: „Njet," sagte sie sofort und sah aus, als wäre sie ein bisschen erstaunt über diese spezielle Frage.
Die Ärztin erzählte noch einige medizinische Einzelheiten, doch Änne und Peter fiel es schwer, sich noch darauf zu konzentrieren. Zu groß war die Anspannung und die Vorfreude auf den kleinen Jungen.
Als eine der Frauen ihn auf dem Arm ins Zimmer trug, war es Änne, als müsse ihr Herz zerspringen. Sie konnte kaum atmen, so aufgeregt war sie.

Und da war er. Ein Süßer. Er hatte einen blauen selbstgehäkelten Zweiteiler an.
Sie stellten ihn auf den Tisch und er ging ein paar Schritte auf Änne und Peter zu. Änne dachte: ‚Er sieht russisch aus.'

Lilia sagte zu ihr: „ Du darfst ihn ruhig auf den Schoß nehmen."
Änne streckte die Arme nach ihm aus. Mit großen Augen sah er sie an.
Ganz leicht und still saß er auf ihren Beinen. Er bewegte sich keinen Millimeter und sie spürte wie sehr sein Herzchen schlug. Änne küsste ihn auf das mit leichtem Flaum bedeckte Köpfchen und atmete tief ein. Er roch so gut.
So sauber. So nach Baby. Sie hätte heulen können.
Als sie sich zu Peter umdrehte sah sie, dass er weinte.

Nach einiger Zeit übersetzte Lilia: „Wladic hat bei der Geburt 3.300 Gramm gewogen und auf einer Skala von zu erreichenden 10 Punkten 7 erreicht. Seine Mutter war nicht verheiratet, hatte schon drei Kinder und der Vater ist unbekannt. Sie hatte kein Geld ihn großzuziehen und hat ihn deshalb nicht bei sich behalten." Lilia schluckte. „Ihr könnt jetzt mit Wladimir in den Raum zurückgehen, in dem ihr eben gewartet habt," sagte sie dann.
„Dort könnt ihr mit ihm spielen und ich komme dann irgendwann und ihr sagt mir, ob ihr euch für ihn entschieden habt oder nicht."

Änne übergab den kleinen Bub ihrem Mann, der ihn zärtlich ansah. Änne sah die zwei an. Es war verrückt: Sie sahen sich total ähnlich. Jetzt verstand sie auch die Reaktion der beiden Frauen bei ihrer Ankunft im Kinderheim, als sie ihn mit Vater titulierten. Und auch sie mit ihren paar Kilo zuviel passte gut zu dem propperen Bürschchen.

Als die drei allein waren, versuchten sie vorsichtig das Vertrauen des Kleinen zu gewinnen. Sie sprachen ruhig auf ihn ein, streichelten ihn und spielten gemeinsam mit den wenigen Spielzeugen, die ihnen zur Verfügung standen.
Nach etwa einer halben Stunde kam Lilia zurück und fragte nur: „Ja oder nein?" „Ja," riefen Peter und Änne wie aus einem Mund und sahen sich glücklich an.
Sie drückten ihren kleinen Sohn an sich, der wohl noch nicht so richtig verstand, was eigentlich um ihn herum geschah.

90

Und dennoch: er ließ sich drücken und küssen, er lachte laut, wenn Peter ihn durch die Luft warf und freute sich unbändig, wenn Änne ihn am ganzen Körper abkitzelte. Es war für Änne und Peter ein wunderbares Gefühl. Sie konnten sich gar nicht satt sehen an dem pausbäckigen süßen Fratz, der sich zwar zur Zeit noch sehr ruhig gab, aber dem man schon ansehen konnte, dass er den Schalk im Nacken hatte.

„Was meinst du, wie wollen wir ihn nennen?" fragte Änne. „Ich bin für Joshua oder Alexander."

„Lass uns heute Abend drüber reden," antwortete Peter und setzte den Kleinen auf das Schaukelpferd.

Ihr Hotel lag direkt am Schwarzen Meer. Das Zimmer war sehr einfach, aber sie hatten einen Fernseher und einen Kühlschrank. Sie stellten ihre Koffer und Taschen ab und deckten den Tisch, der zwischen den zwei Einzelbetten stand mit Brot, Butter, Wurst, Käse, Wodka und Wein, den sie auf dem Markt nahe dem Kinderheim gekauft hatten.

Peter sah Lilia an und meinte: „Eigentlich könnten die Ukrainer hier im Land ja wirklich gut leben, auf dem Markt kann man alles kaufen – wenn sie Geld dazu hätten."

„Das stimmt," entgegnete Lilia. „Aber wenn man bedenkt, dass zum Beispiel eine Sekretärin 80 DM im Monat verdient und eine Wohnung etwa 70 DM kostet, dann kann man sich ungefähr vorstellen, wie arm die Leute hier sind."

„Dann haben die ja nur 10 DM zum Leben," rief Änne entsetzt aus.

„Zwar sind die Grundnahrungsmittel nicht so teuer, aber 10 DM ist verdammt wenig," sagte Peter nachdenklich. „Deshalb," erklärte Lilia, „wohnt fast immer die ganze Familie in einer Wohnung. Und dafür, mal die Fenster neu zu machen oder die Wohnung zu verschönern, ist absolut kein Geld übrig."

„Ich will mal schnell eine SMS nach Hause senden. Ich bin so glücklich." sagte Änne und begann die Tasten auf ihrem Handy zu drücken: ‚Es ist kaum zu fassen, aber das erste Kind gefiel uns. Wir haben einen kleinen 1 ½ jährigen Wladic gefunden. Er ist blond und hat blaue Augen. Er wird Joshua oder Alexander heißen und ist gaaanz süß.'

Schon nach zwei Minuten kam Antwort: ‚Gefunden oder schon entschieden?'

‚Schon entschieden. Herzlichen Glückwunsch, ihr seid jetzt Großeltern. Viele Küsse, wir sind glücklich.'

Kurze Zeit später piepste das Handy erneut: ‚Wir freuen uns mit euch und dem kleinen Wladic. Viele Grüsse und Küsse von Opa, Babuschka und Tante Mira.'

Sehr viel später, Lilia schlief schon längst in ihrem Zimmer, waren Änne und Peter noch immer dabei die Kindersachen zu sortieren.

„Das könnte ihm passen!" meinte Änne und hielt ein kleines Sweatshirt noch.

„Vielleicht – ich kann das schlecht abschätzen. Hast du die Sachen rausgelegt, die wir für ihn auf der Rückreise brauchen?" wollte Peter wissen.

„Ja," sagte Änne. „Das liegt alles dort drüben auf dem Stuhl. Die anderen Sachen sind alle wieder im Koffer. Den nehmen wir dann morgen mit ins Heim und geben sie der Heimleitung für die Kinder dort ab."

„Die werden sich bestimmt darüber freuen," meinte Peter. „Denn die meisten Sachen sind ja kaum getragen. Schade nur, dass wir keine Medikamente, Brillen oder sonstige wichtigen Sachen bekommen konnten."

Als sie kurze Zeit später beide im Bett lagen, sprachen sie noch lange von ihrem Sohn. Ihr Sohn – bald war er ihr Sohn. Ein kleiner blonder Sonnenschein mit dem Schalk im Nacken...

Die nächsten Tage verbrachten sie den ganzen Tag im Kinderheim bei ihrem Sohn. Die Treffen wurden immer intensiver und schöner.

Änne und Peter hatten sich dazu entschlossen, ihren Sohn Alexander zu nennen.

Alexander wurde immer vertrauter mit ihnen und man merkte ihm an, wie sehr er sich freute, wenn sie sich in dem Besucherraum trafen.

Lilia war inzwischen bis zum Gerichtstermin zurück zu sich nach Hause gefahren und Änne und Peter waren ganz auf sich gestellt.

Wie gut, dass Änne etwas Russisch gelernt hatte, so war das Einkaufen auf dem Markt nicht so schwierig.

Jeden Mittag gingen sie mit ihren bunten Jacken und Rucksäcken auf den Markt, wo es Obst, Gemüse, Kekse, Getränke, Brot und vieles mehr gab. Sie waren so farbenfroh gekleidet, dass jeder Einheimische sofort wusste: Das sind die Deutschen.

Manchmal wurden sie auch angesprochen. Manche Ukrainer konnten noch ein paar Brocken Deutsch aus dem Krieg und Peter war überrascht, wie freundlich gesinnt die Leute den Deutschen gegenüber waren.

„Sind sie deutsch?" fragte eine kleine zierliche Frau, die sicherlich über sechzig Jahre alt war.
Änne drehte sich überrascht zu ihr um. „Ja," antwortete sie und lächelte die Frau freundlich an. „Ich habe im Krieg Soldaten gekannt und habe etwas Deutsch gelernt," sprach sie in gebrochenem Deutsch. „Meine Schwester lebt in Italien."
„Italien ist nicht weit von Deutschland entfernt," sagte Änne.
„Sie haben Ihre Schwester sicherlich lange nicht gesehen?" „Ja, lange," seufzte die Frau traurig. „Darf ich Ihnen etwas vorsingen?" „Natürlich!" rief Peter begeistert und zückte sofort die Videokamera, die sie von Conny geliehen hatten.
Und zwischen Obst und Gemüse begann die Frau mit leiser klarer und doch wehmütiger Stimme zu singen: „Unter der Laterne, vor dem großen Tor, stand eine Laterne, steht sie noch davor. Wann werden wir uns wieder sehn und bei der Laterne stehn wie einst Lili Marleen, wie einst Lili Marleen."
„Spaßiwa, das war wundervoll!" flüsterte Änne gerührt. „Das glaubt uns ja kein Mensch. So verhasst die Deutschen überall im Krieg waren – hier in der Ukraine wurden sie geliebt. Unglaublich."
Nach einigen Tagen, die sie mit ihrem Sohn ausschließlich in dem Besucherraum verbringen durften, ergab sich die Gelegenheit eine der Betreuerinnen von Alexander kennen zu lernen.

Sie war sehr nett und herzlich und wenn sie lachte, zeigte sie ihre vergoldeten Zähne.

Sie herzte und küsste den kleinen Alexander und Änne und Peter merkten, dass er sie und auch sie ihn sehr gerne hatte. Sicherlich war er zur Zeit hin- und hergerissen zwischen ihr und seinen neuen Eltern.

Diese zärtliche Vertrautheit zwischen Alexander und seiner Kinderfrau gab ihnen ein sehr gutes Gefühl was seine Vergangenheit betraf.

Das Kinderheim war erst seit zwei Jahre ein Kinderheim. Vorher war es ein Kindergarten gewesen und dementsprechend war alles relativ frisch renoviert und ordentlich. Im Eingangsbereich standen große Blumen und ein Springbrunnen, die Wände waren mit großen Ornamenten bemalt und sogar ein Klavier stand dort, auf dem Änne von Zeit zu Zeit spielte.

Alexander stand dann ganz still neben ihr und sah sie mit großen Augen an, wenn sie mit ihrem Mezzo-Sopran Kinderlieder sang.

Eine Erlaubnis in Alexanders Gruppe zu gehen, wollte die Direktorin leider nicht geben. „Ich könnte mir vorstellen, dass sie das nicht so gerne wollen, weil das für die Kinder, die hier bleiben müssen so schrecklich ist," mutmaßte Peter. „Ja, das kann gut sein, aber ich würde trotzdem gerne die anderen Kinder in der Gruppe mal sehen und sie auch filmen, damit Alexander später mal eine Erinnerung an sie hat," meinte Änne. Diese Gelegenheit ergab sich bereits am nächsten Nachmittag, als Alexander sein großes Geschäft in die Hose gemacht hatte. Änne und Peter mussten ihn zurück in seine Gruppe bringen, um ihm neue Sachen anzuziehen.

Als sie in den Raum kamen, sahen sie zwölf Kinder mit großen Augen an. Einige waren behindert, das konnte man sofort sehen, andere liefen sofort auf die zwei zu und versuchten ihre Aufmerksamkeit auf sich zu lenken.

Wenige Spielsachen standen unberührt in den Regalen und die Kinder saßen zum Teil auf Schaukelpferden, einer Schaukel oder im Laufstall.

Es war nicht ganz so ärmlich wie es sich Peter und Änne vorgestellt hatten. Alexander gesellte sich zu den Kindern – einer von vielen. Und dennoch: Er war etwas Besonderes, und das merkten auch die Kinder.

Am Abend schrieb Änne wieder ihre obligatorische SMS nach Hause: ‚Hallo, es geht uns gut. Die Treffen mit Alexander werden immer schöner. Wir haben einen Glückstreffer gelandet. Er ist schlau, fit und lieb, er hat heute Papa gesagt. Heute waren wir in der Mittagspause auf dem örtlichen Markt. Dort sprach uns eine alte Frau an, die deutsche Soldaten im Krieg kannte, sie sang uns „Lilli Marleen" vor.'

Kurz darauf klingelte das Handy. „Weissenburg," meldete sich Änne. „Ich bin's, dein alter Vater."

„Oh, hallo," erwiderte Änne aufgeregt.

„Ich wollte doch mal anrufen, denn diese Tipperei auf dem Handy macht mich ganz verrückt. Wie sieht es denn aus bei euch?" wollte Stefan Weissenburg wissen.

„Gut," strahlte Änne. „Wenn alles klappt, dann ist am Mittwoch Gerichtstermin. Das würde bedeuten, dass wir in gut einer Woche zu Hause sind."

„Das wäre ja toll," freute sich Stefan Weissenburg.

„Lilia hat sich aber noch nicht gemeldet, so dass noch nicht klar ist, ob sie alle Papiere hat, die sie in Kiew noch besorgen muss. Danach richtet sich dann auch der Gerichtstermin. Die Ärmste muss dann noch mal die 20 Stunden Zugfahrt hinter sich bringen. Wir melden uns dann noch, wenn Gericht gewesen ist."

„Alles klar, dann viel Spaß und Glück weiterhin. Viele liebe Grüße auch von Mama. Tschüss, bis bald."

„Tschüss Papa!"

Kaum hatte sie aufgelegt, klingelte es erneut. „Änne, hier ist Lilia. Ich kann morgen noch nicht da sein, denn ich habe noch nicht alle Papiere. Das liegt daran, dass im Adoptionszentrum Quecksilber gefunden wurde."

„Quecksilber?" rief Änne erschrocken aus. „Das ist doch total gefährlich. War das ein Anschlag?"

„Das ist noch nicht ganz klar," antwortete Lilia. „Auf jeden Fall war das Adoptionszentrum heute zu und wird auch mindestens eine Woche zu bleiben. Morgen kann ich in einer Notunterkunft die Papiere abholen. Der Gerichtstermin muss deshalb einen Tag verschoben werden. Ihr braucht euch aber darum nicht kümmern, ich telefoniere von hier aus. Es ist gut, dass ihr euer Kind schon ausgesucht habt und alles schon so weit fortgeschritten ist, ansonsten könntet ihr wohl wieder nach Hause fliegen."

„Ja, dass ist wahr," sagte Änne erleichtert. „Dann bis bald, wann können wir dich vom Zug abholen?"

„Ich bin am Donnerstag um 12.50 Uhr dort." „Alles klar, dann bis Donnerstag, tschüss. Wir freuen uns schon auf dich."

Pünktlich erreichten Änne und Peter den Bahnhof. Auf ihrem Weg dorthin, den sie zu Fuß zurückgelegt hatten, ging es vorbei an alten verfallenen Häusern, die jedoch in früheren Zeiten sehr prunkvoll gewesen sein mussten.

Man konnte es an schmiedeeisernen Toren, Türmchen und wunderschönen Fenstern erahnen.

„Da, da ist sie," rief Peter und zeigte in die Menge. Tatsächlich, klein und schmal mit einer weißen Mütze auf dem Kopf und einer kleinen Tasche in der Hand kam Lilia ihnen entgegen. „Mir ist so kalt," sagte sie als Begrüßung. „In meinem Abteil war die Heizung ausgefallen – ihr könnt euch nicht vorstellen wie ich gefroren habe." Doch wir können," erwiderte Peter, „wir hatten nämlich im Hotel auch fünf Tage keine Heizung." Lilia lachte. „Na dann, warum soll es euch besser gehen als mir?"

Nachmittags um 15 Uhr war der Gerichtstermin anberaumt. Die stellvertretende Direktorin und die Ärztin begleiteten Änne, Peter und Lilia dorthin.

Auf dem Weg mussten sie noch einige Papiere von der Sozialarbeiterin abholen.

Änne und Peter stiegen die steile Treppe hinter Lilia hoch. Durch einen schmalen Gang gelangten sie in ein winziges Zimmer, das mit Akten vollgestopft war.

Hinter einem Schreibtisch saß eine dunkelhaarige junge Frau, die etwas Deutsch sprach. „Ich habe acht Jahre in Berlin und Dresden gearbeitet," erzählte sie den dreien. „Mir hat es in Deutschland sehr gut gefallen, aber das ist inzwischen schon 20 Jahre her." „Wir waren auch schon in Dresden, das ist wirklich eine tolle Stadt," sagte Peter höflich. Plötzlich öffnete sich die Tür und die Sozialarbeiterin kam herein. „Hallo," sagte sie. „Sie wollen die Papiere holen? Ich habe schon alles unterschrieben." Sie wand sich direkt an Änne und Peter. „Wie kam es, dass sie sich gerade für Wladowitsch entschieden haben?"

„Wir haben nur ihn als einziges Kind angeschaut und hatten so gesehen keine Auswahl. Aber hätten wir die Wahl gehabt, dann hätten wir ihn mit Sicherheit ausgewählt, weil er uns zum einen sehr ähnlich sieht und zum anderen fit und intelligent ist. Er schaut mit sehr wachen Augen in die Welt und das hat uns sehr gut gefallen."

„Das hört sich gut an, ich denke, er wird bei Ihnen sehr glücklich werden." Die Sozialarbeiterin schüttelte ihnen aufmunternd die Hände.

„Am Anfang wird es sicherlich nicht ganz einfach sein sich umzustellen, aber das wird schon werden."

„Ja, aber wir haben so lange auf ein Kind gewartet – das werden wir schon schaffen," lachte Änne.

„Wissen sie eigentlich, wie die deutsche Übersetzung des Nachnamens von Wladimir ist?"

„Nein, wie denn?" fragten Änne, Peter und Lilia wie aus einem Mund. „Sein Name heißt übersetzt ‚Alles ist weiß' – fast so wie ihr Nachname. Als ich das las, dachte ich gleich: Das kann kein Zufall sein."

Änne sah Peter und Lilia an.

Konnte das wahr sein? Zufall? Schicksal? Gottes Fügung?

Unglaublich war es allemal und die drei konnten sich kaum über die Neuigkeit beruhigen.

Es war als würde sich ein Kreis schließen.

Einige Zeit später erreichten sie das Gericht. Die Richterin erschien – mit einer halben Stunde Verspätung - in ihrer schwarzen Robe und setzte sich auf die mit braunem Leder bezogenen großen zerschlissenen Stühle.

Nachdem sie den Adoptionsantrag verlesen hatte, stellte sie Änne und Peter viele Fragen. Sie wollte unter anderem wissen, wie die Entscheidung für Alexander gefallen ist, wie oft sie im Kinderheim waren, wie der erste Kontakt war und wie er sich seitdem entwickelt hat, wer in ihrer Beziehung das Sagen hat und wo die Großeltern wohnen.

Außerdem fragte sie, ob Änne nach der Adoption weiterhin arbeiten gehen wolle, ob eigene Kinder noch zur Debatte stünden, wann ihr Kind gestorben sei, wie groß ihre Wohnung ist und viele Zimmer sie hat.

Schließlich fragte sie, wie weit die Kinderklinik weg ist, ob Änne und Peter Alkohol- oder Drogenprobleme hätten, ob sie das Kind zurückgeben würden, wenn es später nicht so gedeihen würde, wie sie es sich wünschen, und so weiter.

Anschließend wurden die Heimleiterin, Ärztin und Sozialarbeiterin befragt, was sie von Änne und Peter für einen Eindruck hatten.

Sie antworteten, dass sie das Ehepaar als sehr sympathische nette Leute kennen gelernt hätten, bei denen man merkt, dass sie sehr gut harmonieren.

Nachdem sich die Richterin zur Beratung zurückgezogen hatte, erhob sie sich und sagte würdevoll: „Nachdem ich alle Fakten zusammengetragen habe, kann ich, auch wenn ich wollte, keine Gründe dafür finden, die dafür sprechen könnten die Adoption abzulehnen. Deshalb spreche ich den Eheleute Änne und Peter Weissenburg den Jungen Alexander Weissenburg als ihr Kind zu. Ich wünsche der Familie viel Glück auf ihrem weiteren gemeinsamen Weg."

So sprach sie und verschwand mit wehender Robe aus dem Saal.

Abends im Hotel hatten sie den Tisch besonders schön gedeckt. In zwei leeren Weinflaschen steckten Kerzen, Passbilder von Alexander, die sie für den Pass brauchten, stand auf dem Tisch – schließlich sollte er bei der Feier auch dabei sein.

Es gab Champagner, Wodka, Kaviar und vieles mehr. Am heutigen Abend hatten sie ja schließlich etwas zu feiern und was liegt auf der Krim näher als das Ereignis mit Krimsekt und Kaviar zu begehen?

Kurz nach acht sandte Änne ihrem Vater eine SMS: ‚Heute war Gerichtstermin, alles gut verlaufen. Sitzen mit Lilia im Hotel und feiern ein bisschen. Im Gericht hat man uns heute bis aufs Mark ausgefragt, z.b. war man der Ansicht, dass die Großeltern zu weit weg wohnen... Aber ansonsten hielt man uns als Eltern schon für geeignet. Die nächsten Tage stehen noch mit weiteren Formalitäten an, der Pass und die Geburtsurkunde fehlen unter anderem noch. Das Wetter ist warm ... 9 Grad minus.'

Der nächste Tag war chaotisch. Sie nannten ihn später nur ‚den schwarzen Freitag'. Lilia, Änne und Peter fuhren von früh morgens bis zum späten Nachmittag von Behörde zu Behörde. Immer wieder fanden sie Fehler in den Papieren vom Standesamt und vom Gericht. Als endlich alle Papiere vollständig und fehlerfrei waren, machten sie sich mit einem Taxi auf den Weg in die circa 30 Kilometer entfernte Kreisstadt Donezk, um im dortigen Passamt die Geburtsurkunde von Alexander abzuholen.
Wie groß war ihre Enttäuschung, als sie feststellen mussten, das die Behörde nur wenige Minuten vor ihrem Eintreffen geschlossen hatte.
Es war ein wirklich schwarzer Freitag.

So mussten sie bis zum nächsten Montag warten, bis sie nochmals nach Donezk fahren konnten.
Dafür hatten sie übers Wochenende wieder etwas mehr Zeit für ihren kleinen Wonneproppen, der sich immer mehr und mehr an sie gewöhnte und sie an den vergangenen Tagen – an denen sie wegen der Papiere nicht im Heim gewesen waren - schon sehr vermisst hatte.
An diesem Wochenende durften sie auch das erste mal offiziell in die Kindergruppe von Alexander.

Es war für sie unfassbar, als sie sahen wie zivilisiert diese Kinder mit gut einem Jahr waren.

Sie saßen alle am Tisch und aßen ihre Suppe alleine mit einem Löffel. Keines der Kinder stand auf oder rutschte auf dem Stuhl herum.

Nein – alle benahmen sich wie kleine Erwachsene. Das war erstaunlich und beängstigend zugleich – denn schließlich waren es doch noch Babys, die dort saßen.

Als sie an diesem Tag das Heim verließen, war es das erste mal, dass Alexander weinte und nicht im Heim bleiben wollte. Er streckte seine Ärmchen nach Änne und Peter aus und wollte mit.

Die nächsten Tage bis zur Abreise nach Kiew verbrachten sie damit, den restlichen Papierkram zu erledigen, die Geburtsurkunde aus Donezk zu besorgen und alle Papiere beim Notar beglaubigen zu lassen.

Und dann - endlich - war alles fertig.

Am letzten Tag suchten sie noch einmal Alexanders Gruppe auf, als alle Kinder schliefen. Sie gingen mit Lilia und einer der Kinderfrauen durch die Reihen der Bettchen, in denen alle Kinder schliefen.

„Sie schlafen. Er schläft jetzt das letzte mal hier -" sagte Lilia leise und zeigte auf Alexander, „dann fährt er ins Paradies."

„Wie süß," flüsterte Änne und zog ein wenig die Decke von seinem Gesichtchen.

Leise gingen sie wieder aus der Tür in den großen Raum, in dem die Kinder sonst spielen. „Ich habe noch etwas Geld für sie und ihre Kolleginnen." Peter zog sein Portemonnaie heraus und gab der dunkelhaarigen Frau mit der weißen Haube einige Scheine.

Zu Ännes und Peters Überraschung und Bestürzung ging die Frau in die Knie und fing bitterlich an zu weinen.

Dann umarmte sie sie, küsste sie auf die Wangen und vergrub ihr Gesicht in ihre Hände. Erst nach einigen Minuten löste sie sich von ihnen und sagte immer wieder: „Spaßiwa, spaßiwa."

Zum Abschied wurde vom Heim ein Abschiedsfest gefeiert. Leider war im Heim eine Grippewelle ausgebrochen, so dass das Fest nur in sehr begrenztem Rahmen stattfinden konnte. Dennoch: es wurde für Alexander, Änne und Peter getanzt und gesungen. Ältere Kinder trugen Gedichte und Wünsche vor, die Lilia ihnen übersetzte. Alexander wurde unter anderem eine gute Reise in eine neue Welt gewünscht, er sollte seine Mutter immer lieben und gute Noten in der Schule schreiben.

Die 6-jährige Marianna hatte einen süßen Tütü an und eine große Schleife im Haar. Sie tanzte und sang: „Wladic, du gehst jetzt in eine neue Welt, in eine neue Familie – nur ich muss noch hier bleiben. Gibt es nicht irgendwo eine Mutter, die mich jetzt hört und mich in eine Familie holt?"
Änne und Peter hielten sich an den Händen und konnten ihre Tränen nicht zurückhalten. Es war so unendlich traurig diese schönen, klugen, großen Kinder zu sehen und zu wissen, dass die Chance, von einer Familie adoptiert zu werden, geringer und geringer wurde - je älter sie wurden .
Was würde dann aus ihnen werden?
Zum Abschluss bekamen alle Kinder Kekse und Bonbons, die Peter mit Lilia auf dem Markt eingekauft hatte.

Als sich der große Raum geleert hatte, lief nur noch der kleine Alexander immer im Kreis um den großen Weihnachtsbaum, der in der Mitte stand. Er war bunt geschmückt und für deutsche Begriffe kitschig, aber an diesem Ort fanden Änne und Peter ihn wunderschön.
Eine Stunde später zog Änne Alexander an. Mit großen Augen sah er sie an und fragte sich sicherlich, warum sie sich so ungeschickt damit anstellte.
Und dann ging es mit dem Taxi zum Flughafen.
Der Abschied von Lilia fiel Änne und Peter sehr schwer.
Wie viel hatte diese kleine zierliche Frau für sie getan – wie sollten sie ihr dies jemals danken?
Fest umarmten Peter und Änne sie und bedankten sich immer wieder bei ihr und versprachen, dass sie sich bald melden würden.

Den Flug nach Frankfurt über Zürich verschlief Alexander fast komplett. Als Änne und Peter in die Schalterhalle fuhren, setzten sie Alexander oben auf den Gepäckwagen. Er schaute sich interessiert um. „Da schau mal," reif Änne aus und zeigte auf Zettel, die ihnen den Weg wiesen. ‚Herzlich willkommen Alexander, Änne und Peter' konnten sie darauf lesen. Die Schalterhalle war fast leer. Nur zwei saßen in den Wartesesseln: Oma, Opa.

Da saßen sie und warteten mit einem riesigen roten Herzen – beklebt mit Efeu, kindlichen Motiven, Glücksmarienkäfern und vielem mehr - und einem Buggy auf diesen ersten Augenblick, in dem sie ihr Enkelkind in den Arm nehmen konnten.

Und das taten sie dann auch. Alexander sah von einem zum andern und irgendwie merkte er gleich: das sind ganz besondere Leute. Und Oma und Opa liebten ihn vom ersten Augenblick an.

Die Diagnose

Zu Hause angekommen wurde als erstes von Alexander die Wohnung begutachtet. Wie aufgedreht lief er in den Räumen umher. Er bewunderte sein neues Zimmer mit den tollen Kindergardinen, die Freunde während der Reisezeit genäht und aufgehängt hatten.
Überall hingen Plüschtiere und Autos, die Conny und ihre Kinder verteilt hatten. Ein neues Bett – und alles roch so anders. Außerdem standen da noch so viele Päckchen, die ausgepackt werden wollten. Erst um halb drei nachts fand er in den Schlaf. Seinen roten Bären aus dem Paket seiner Tante Mira hielt er fest im Arm.

Als Änne und Peter in ihren Betten lagen, waren sie zwar hundemüde – doch auch waren sie so übergedreht, dass sie keinen Schlaf finden konnten.
Zu viel war in den letzten Stunden, Tagen und Wochen passiert. Zu viele Gefühle waren auf sie eingeströmt.
Lange sprachen sie noch über die vergangenen Tage und Wochen.
Es ein unglaubliches Gefühl zu wissen, dass ihr kleiner Sohn im Raum neben an schlief.
Bevor Änne vor Erschöpfung die Augen zufielen, faltete sie ihre Händen und sagte leise: „Danke!"

Die nächsten Tage und Wochen waren anstrengend.
Viele Freunde kamen zu Besuch und wollten den kleinen Mann bewundern.
Unmengen von Geschenken wurden vorbeigebracht.
Änne und Peter fuhren los, um etwas zum Anziehen für Alexander einzukaufen. Pullover, Hosen, Unterwäsche, Schuhe, Strumpfhosen, eine Jacke, Mützen, Handschuhe und vor allem Windeln, Cremes, Tücher und und und.
‚Unglaublich, was man so alles braucht', dachten sie sich.
Außerdem standen einige Behördengänge an.
Unter anderem musste der Erziehungsgeldantrag gestellt werden. Änne hatte sich im großen Flur des Versorgungsamtes

an einen runden Tisch gesetzt und begonnen, den Antrag auszufüllen.

Doch sie musste feststellen, dass das gar nicht so einfach ist, wenn man ein schreiendes Kind dabei hat, das dem Papa immer wegläuft, fällt, sich die Nase blutig haut und dann beruhigt werden muss.

Aller Anfang ist schwer – für Änne und Peter war die Bewältigung von ganz alltäglichen Situationen plötzlich höchst stressig. Alexander schrie und tobte, sobald er seinen Willen nicht bekam.

Auch Schlafengehen gestaltete sich sehr schwierig. Er wollte nicht im Bett bleiben – stellte sich wieder hin, rüttelte an den Stäben von seinem Gitterbettchen und schrie aus Leibeskräften.

Da hieß es: Nerven behalten und cool bleiben.

Doch es machte Änne und Peter natürlich nervös: Warum schrie er so?

Was sollten sie tun, damit er aufhört? Mit in ihr Ehebett nehmen? Nur für den Anfang jedenfalls?

Nein, dann waren sie sich doch einig. Er hatte immer allein in seinem Bettchen geschlafen, er würde sich schon daran gewöhnen.

Also: Es geht ihm gut! Schreien lassen – Ohren zuhalten – er ist ja gesund, er hat ja nichts. Oder doch? Das Würmchen hat ja so viel erlebt – was tun?

Doch dann - nach fünfzehn langen Minuten wurde das Schreien leiser. Nur noch vereinzelt war ein Schluchzen zu hören und irgendwann war Ruhe.

Leise gingen Änne und Peter mit einer Taschenlampe in sein Zimmer.

Und da lag er: die Arme wie in Siegerpose von sich gestreckt , die Decke bis zum Kinn hinaufgezogen und wahrhaftig: er schnarchte.

In den nächsten Tagen ging es auch das erste Mal zum Kinderarzt.

Spielerisch untersuchte er seinen neuen Patienten und war der Meinung, dass er topfit und ganz normal entwickelt sei. Da aus

den Papieren nicht ganz genau hervorging, welche Impfungen Alexander bekommen hatte, nahm er ihm Blut ab, um dies zu überprüfen.
Außerdem sollte er vorsichtshalber auch noch auf Aids und Hepatitis untersucht werden.

Nach einigen Wochen wurde das Leben der drei ruhiger.
Alles spielte sich ein, und Änne musste feststellen, dass sie sich immer mehr und mehr in den kleinen Mann verliebte.
Oft sah sie ihm einfach zu und meinte vor Glück zerspringen zu können: Wie süß er doch war! Wie herzerfrischend er sich freuen konnte! Wie er lachen konnte!
Es war einfach herrlich.

Peter, der zwischenzeitlich wieder ins Büro gehen musste, freute sich jeden Abend auf den Feierabend. Was war das für ein tolles Gefühl, wenn der kleine Mann um die Ecke geflitzt kam, sobald er von außen den Schlüssel ins Schloss steckte.

Nach und nach wurde Alexander mutiger. Hatte er zwar vorher alles angeschaut, wollte er nun alles auseinandernehmen und begutachten. Eines seiner liebsten Spielzeuge war der Staubsauger – zu gerne schaltete er diesen an und aus.
Eines Morgens, Änne hatte gerade staubgesaugt, als das Telefon klingelte.
Während sie telefonierte, experimentiere Alexander im Nebenzimmer mit dem Staubsauger. An. Aus. An. Aus.
Plötzlich hörte sie ihn schreien. Erschrocken sprang sie auf und lief nach nebenan. Das Bild, was sich ihr bot war köstlich:
Da stand er, hielt das Saugrohr vom Staubsauger in der Hand und hatte sich sein Sweatshirt angesaugt.
Wie erschrocken sah er aus – und dennoch musste Änne lachen und sagte zu ihm: „Mach den Staubsauger aus!" Alexander sah sie mit großen Augen an. ‚Wollte sie denn gar nicht schimpfen? War das etwa gar nicht so schlimm, was ich jetzt gemacht habe?' „Du musst den Staubsauer einfach ausmachen," sagte Änne noch mal zu ihm.
Und tatsächlich – obwohl ihr Sohn erst drei Wochen bei ihnen war – beugte er sich herab und drückte den Knopf. Der

Staubsauger hörte auf zu saugen und das Sweatshirt löste sich von dem Rohr.

„Das hast du toll gemacht," lobte ihn Änne. „Du bist ein schlaues Kind."

Immer wieder erstaunte dieser 19 Monate alte Junge seine neuen Eltern. Er lernte unglaublich schnell. Es war, als sauge er alles in sich auf. Schon nach kürzester Zeit verstand er alles, was sie von ihm wollten.

Er erkannte Häuser und Orte wieder, er tanzte zu Musik, die er liebte und vor allem sprach er schon nach einigen Wochen die ersten deutschen Worte.

Dann kam seine zweite große Reise in seinem Leben: es ging zu Oma und Opa.

Zwar lag so viel Schnee, dass die Fahrt fast vier Stunden dauerte, doch das machte Alexander gar nichts aus. Still saß er in seinem neuen Autositz und sah mit großen Augen hinaus.

Und wie gut hatte er es bei Oma und Opa.

Sie verwöhnten ihn und ein Außenstehender hätte nie geglaubt, dass sie ihr Enkelkind erst zum zweiten Mal sahen.

Oma Hanna gab Mama Änne wertvolle Tipps und Tricks weiter, die sie aus ihrer Zeit als junge Mutter noch wusste.

Gemeinsam lasen sie in Büchern wie: „Was koche ich für mein Kind" oder „Wie wird mein Kind ein glückliches Kind".

„Ich hätte nie gedacht, dass ich so was mal lese;" sagte Änne lachend zu ihrer Mutter. „Am allerschlimmsten fand ich immer die Leute, die von nichts anderem reden, als von Windeln, Küche und Kinderliedern. Aber ich muss gestehen, es ist schon ein riesiger Einschnitt, wenn man plötzlich so ein hilfloses Wesen an seiner Seite hat, was seine ungeteilte Aufmerksamkeit möchte."

„Na ja," antwortete Hanna und setzte Alexander auf ihren Schoß, „man muss es ja nicht übertreiben. Aber ich denke, es bleibt nicht aus, dass man mit Gleichgesinnten solche Gespräche führt – und das wirst auch du tun."

„Ich hoffe nur," meinte Änne daraufhin „dass ich trotzdem ich jetzt ein Kind habe, noch intelligente normale Gespräche mit kinderlosen Leuten führen kann."

Einige Abende später – nach einem ereignisreichen Tag - saßen sie gemeinsam am Abendbrottisch.

Änne erzählte Peter gerade, dass Alexander hatte von einem Nachbarkind die ersten Schläge kassiert hatte und von dem Faschingsfest, das sie am Nachmittag mit der Krabbelgruppe gefeiert hatten, der sie seit kurzem angehörten.

Plötzlich klingelte das Telefon.

„Krüger," meldete sich der Kinderarzt, nachdem Änne ihren Namen gesagt hatte.. Ännes Alarmglocke im Kopf begann sofort zu schrillen. Wenn ein Arzt zu Hause anrief, hatte das nichts Gutes zu bedeuten.

„Wir haben die Blutergebnisse bekommen," sagte der Mediziner. „Alle Werte sind ok, die meisten Impfungen sind ausreichend."

‚Komm zum Punkt,' dachte Änne ungeduldig. Sie war kaum in der Lage zu registrieren, was ihr Gesprächspartner ihr erzählte. Wie im Traum hörte sie ihn sagen:" Alexander hat kein Aids und keine Syphilis. Wir haben allerdings einen Bestandteil von Hepatitis B-Viren in seinem Blut gefunden."

Es war, als zöge ihr jemand den Teppich unter den Füßen weg. ‚Hepatitis B!' dachte sie wie in Trance. ‚Hatte sie nicht genau danach im Heim gefragt? Das war doch nicht möglich! Bitte, lieber Gott, lass es nicht wahr sein.'

Von ganz weit weg hörte sie Dr. Krüger sagen: „Das Problem ist, dass wir keine Antikörper finden konnten. Deshalb müssen wir nochmals eine Blutprobe einschicken. Erst dann kann definitiv gesagt werden, ob tatsächlich eine Infektion vorliegt oder nicht. Kommen sie in den nächsten Tagen noch mal zum Blutabnehmen vorbei."

„Ja," sagte Änne automatisch und legte wie betäubt auf.

„Was ist los?" fragte Peter besorgt. Er hatte an der Mimik und dem Gespräch schon gehört, dass irgendetwas passiert war.

„Alexander hat Hepatitis," heulte Änne los und warf sich in die Arme ihres Mannes.

Die nächsten Tage und Nächte waren die Schlimmsten in Ännes bisherigem Leben.

Tagsüber musste alles seinen Gang gehen, es gab viel zu tun und so hatte sie kaum Zeit sich mit dem Thema Hepatitis auseinander zu setzten.

Außerdem war der endgültige Befund ja noch nicht da – aber gerade diese Warterei machte Änne und Peter ganz verrückt.

Was, wenn es doch ein Fehlalarm war?

Was, wenn der Verdacht sich bestätigte?

Am schlimmsten waren die Nächte. Während Peter schlief, wurde Änne immer wieder wach und lief unruhig in der Wohnung umher.

Fernseher an, Fernseher aus.

Und immer wieder gingen die Gedanken im Kreis:

Was, wenn sich der Verdacht bestätigte?

Gleich in den nächsten Tagen gingen sie noch mal zum Blutabnehmen und zum Hausarzt Dr. Gadow. Ihm gelang es in seiner ruhigen sicheren Art Änne etwas zu beruhigen.

„Sehen sie, Frau Weissenburg, ihr Alexander ist noch ein kleines Kind und das ist für eine etwaige Behandlung gut. Eine Therapie würde beim ihm viel besser anschlagen als bei einem Erwachsenen, der die Krankheit schon über Jahre in sich trägt. Oft ist es nämlich so dass die Krankheit überhaupt nicht bekannt ist und nach vielen Jahren oder Jahrzehnten, wenn die ersten Beschwerden sich bemerkbar machen, ist nichts mehr zu machen," sagte Dr. Gadow.

„Ich habe gelesen, dass es verschiedene Formen der Hepatitis B gibt," warf Änne ein.

„Ja, das stimmt. Aber entscheidend ist, wie der Verlauf der Infektion ist. Die Inkubationszeit beträgt 60 bis 180 Tage. Dann folgt meistens die akute Phase, die bis zu sechs Wochen dauert und wo der Patient höchst ansteckend ist und es ihm auch sehr schlecht geht. Bei der Hälfte aller Erkrankten verfärben sich zu dieser Zeit die Augen und das Gesicht gelb. Wie bei einer Grippe kann die Krankheit danach dann ausheilen oder chronisch werden. Das ist dann etwas schwieriger zu behandeln," antwortete der Arzt.

„Jetzt warten sie erst mal die Blutergebnisse ab und wie ich schon gesagt habe: Er ist ja noch ein Kind und das kommt ihm in jedem Fall zu gute." Der Mediziner ging, während er sprach, zur Tür und hielt sie ihnen auf. Änne nahm Alexander, der während des Gesprächs Einwegspritzen aus einer Kiste aussortiert hatte, auf den Arm. Dr. Gadow streichelte ihm über den Kopf und sagte: „Wir schaffen das schon, kleiner Mann. Du bist jetzt in einer tollen Familie und es geht dir hier jetzt bestens. Auch das wird dir helfen, die Krankheit zu überstehen." Er nickte Änne freundlich zu und verschwand in einem der anderen Praxisräume, wo schon der nächste Patient auf ihn wartete.

Abends goss Peter seiner Frau ein Glas italienischen Rotwein ein. „So," sagte er zu ihr, „nun trink mal einen Schluck und dann geht's dir schon besser. Du machst mir nämlich wirklich Sorgen. Keine Nacht schläfst du richtig. Immer wandelst du durch die Gegend. Du weißt doch, dass du deine Kraft für Alexander jeden Tag brauchst. Auch wenn das Ergebnis positiv ist – wir können es nicht ändern. Und was man nicht ändern kann, muss man eben akzeptieren."
Änne sah ihn an.
„Und außerdem," fuhr er fort. „Noch ist alles offen. Mach dich nicht irre, bevor du weißt, was los ist. Es reicht, wenn du dich verrückt machst, wenn das Ergebnis da ist. Was hat denn eigentlich Dr. Gadow gesagt?"
Nachdem Änne alles wiedergegeben hatte, was der Mediziner ihr erklärt hatte, meinte Peter nur: „Siehst du, er sagt auch, dass Alexander als Kind gute Chance hat gesund zu werden – und wie gesagt: erst mal muss er überhaupt krank sein."
Trotz der vielen beruhigenden Worte war die Nacht für Änne wieder eine Tortur. Irgendwann des Nachts setzte sie sich an den Tisch und schrieb in ihr Tagebuch:

,Ich bin total irre – ich kann kaum schlafen und bin kaum in der Lage Alexander und uns vernünftig zu versorgen. Alles läuft an mir vorbei und ich habe permanent das Gefühl es wäre ein böser Traum, aus dem ich doch nun endlich mal aufwachen muss.

Der Umgang mit Alexander, der so unkompliziert war und sich so toll entwickelt hatte, ist schwierig geworden.
Zu groß ist meine Angst vor einer Ansteckung, denn schließlich sind wir nicht geimpft.
Küsse sind sparsam geworden. Wenn Alexander sich verletzt, ziehe ich als erstes Aidshandschuhe an, bevor ich mit dem Blut in Berührung komme. Ich finde das alles grausam, aber ich kann vor Angst kaum denken.
Gestern habe ich mit Kathi telefoniert. Schließlich ist sie ja Krankenschwester. Sie hat eine befreundete Ärztin gefragt, was sie von der Krankheit weiß. Sie meint es könnte sein, dass Alexander sich erst vor kurzem angesteckt hat, da sich Antikörper erst nach sechs Wochen bilden.
Ich klammere mich ja immer noch an den Gedanken, dass es sich als ein Fehlalarm rausstellt.
Bitte, bitte lieber Gott, lass nicht zu, dass unser Kleiner krank ist. Ich hab' solche Angst.'

Zwei Nächte später – als sie wieder nicht schlafen konnte – holte sie erneut ihr Tagebuch hervor und schrieb:

,Heute morgen waren wir noch mal bei Dr. Krüger. Ich habe noch mal gefragt, was genau er mir sagen kann. Da das Ergebnis noch nicht da war, gab es nicht viel Neues. Ich habe ihm von dem Gespräch mit Kathi erzählt.
Er meinte jedoch, dass es eher unwahrscheinlich wäre, dass sich Alexander erst vor kurzem angesteckt hätte.

Als ich ihn fragte, ob es ein Zeichen dafür sein könne, dass die Krankheit noch nicht chronisch sei, antwortete er, das hätte damit nichts zu tun. Es wäre gut möglich, dass Alexander die Infektion schon seit seiner Geburt habe – die Krankheit also durch die Mutter übertragen sei. Dann wäre es wahrscheinlich schon chronisch.
Ich war fix und fertig. Aber noch immer habe ich die Hoffnung, dass er vielleicht gar nichts hat.
Doch die Chance ist wohl gering, denn Hepatitis ist sehr weit verbreitet in der Ukraine.

110

Mir geht es zur Zeit körperlich nicht besonders. Ich fühle mich total schlapp, habe Bindehautentzündung und ständig Durchfall. Manchmal denke ich schon, ich hätte mich infiziert und das wären schon die ersten Anzeichen. **Aber das ist natürlich Quatsch, denn schließlich ist die Inkubationszeit noch längst nicht rum – also sage ich mir immer: Änne, bleib ruhig. Du hilfst niemandem, wenn du eine solche Panik machst. Aber das ist leichter gesagt, als getan.**

In der Krabbelgruppe war ich erst mal nicht mehr. Bei einer Infektion müssen wir ja alle vor einer eventuellen Ansteckungsgefahr warnen. Das ist ja eine Kette ohne Ende. Hat man im Fall der Fälle überhaupt eine Aufklärungspflicht? Das muss noch alles geklärt werden... Bitte Gott, lass ihn gesund sein!'

In den nächsten Tagen überschlugen sich die Ereignisse. Änne hatte die russischen Papiere, die die Ärztin im Kinderheim ausgestellt hatte, von Nastis Mutter ins Deutsche über setzen lassen. Danach war Alexander gegen Hepatitis geimpft worden. Die Papiere wurden dann aber noch einmal durch eine Tante von Nasti übersetzt.

Diese Tante war Krankenschwester und nach ihrem Dafürhalten war keine Impfung gemacht worden.

Als Änne den Kleinen einige Tage später auf der Wickelkommode liegen hatte, fielen ihr kleine Stippen an den Beinen auf, die wie ein Ausschlag aussahen. „Guck mal Peter," rief sie und zeigte ihm die roten Punkte. „Was kann das denn wohl sein?"

„Keine Ahnung," Peter schüttelte den Kopf. „Geh lieber mal zum Kinderarzt.

Am nächsten Tag sah sich Dr. Krüger den Ausschlag an. „Das ist auf jeden Fall nichts Ansteckendes," beruhigte er Änne. „Beobachten sie ihn weiter und wenn es mehr wird, melden sie sich wieder."

Zwei Tage später holte Änne den kleinen Alexander am Morgen aus dem Bett und musste mit Erschrecken feststellen, dass er am ganzen Körper Ausschlag hatte. Die kleinen Pusteln waren großflächigen roten Flecken gewichen, die sich über den ganzen Körper und im Gesicht breitgemacht hatten. Als sie seine Wange küsste, merkte sie, dass er ganz heiß war. Er hatte fast 39 Fieber.
Sofort packte sie ein paar Sachen zusammen und fuhr mit ihm zum Kinderarzt.

Wegen möglicher Ansteckungsgefahr durften sie sofort in eines der Behandlungszimmer gehen, um dort auf den Arzt zu warten. Änne sah Alexander besorgt an. Der Ausschlag wurde immer schlimmer. Es war kaum noch ein Stückchen helle Haut zu sehen.
Dr. Krüger erschrak, als er zu ihnen ins Zimmer trat. „Ich muss sie sofort in die Kinderklinik überweisen," sagte er und schrieb das entsprechende Papier für sie aus.
„Das habe ich schon befürchtet und habe uns schon Sachen eingepackt. Ich fahre direkt von hier los," sagte Änne.
„Das ist gut, denn das gefällt mir gar nicht." Dr. Krüger sah beunruhigt aus. „Ach – ich habe auch das Ergebnis der Blutuntersuchung bekommen."
Änne sah ihn mit großen Augen an.
Der Mediziner nahm ein Fax an sich und las es nochmals durch.
„Der Virus ist nachgewiesen worden und die erforderlichen Antigene hat Alexander noch nicht gebildet."

Änne hörte seine Stimme, sie hörte seine Worte, aber die Bedeutung wurde ihr erst viel später bewusst.
Zuerst einmal musste ihr kleiner Sohn schnellstens ins Krankenhaus gebracht werden.

Als sie in der Kinderklinik angekommen waren, wurde Alexander sofort begutachtet. Die Gesichter der Ärzte ließen auf nichts Gutes schließen – im Gegenteil: sie sahen eher etwas ratlos aus.

Alexander wurde auf einen Behandlungstisch gelegt, über dem eine überdimensionale Lampe grelles Licht spendete. Der Raum war eng und vollgestopft mit Medikamenten, Verbandsmaterial, Einwegspritzen und sonstigem Medizinbedarf. Er schrie wie am Spieß. Fünf Weißkittel standen um ihn herum und schüttelten die Köpfe. Änne merkte wie ihr die Tränen die Wangen herabliefen, während sie ihren kleinen Sohn festhielt und ihm das rot-gescheckte Gesichtchen küsste. Unzählige Male wurde er gestochen. Sie gaben ihm eine Infusion gegen das Fieber und nahmen ihm Blut ab für eine Serologie. Er tat ihr unendlich leid. Was musste dieses Kind leiden. Hoffentlich nahm er ihr das niemals übel, dass sie das alles zuließ.

Die Helfer und Krankenschwestern auf der Kinderstation nannten ihn nur den kleinen bunten Mann – und wahrhaftig so sah er auch aus. Doch soviel Humor die Pfleger und Schwestern auch verbreiteten: statt besser wurde es in den nächsten zwei Tagen noch schlimmer, das Fieber stieg auf über 40 Grad. Alexander hatte ein Einzelzimmer bekommen und selbstverständlich blieb Änne die ganze Zeit bei ihm. Sie wechselte ihm die Windeln und maß ihm das Fieber, das einfach nicht runtergehen wollte.

Sie wusch sein Gesicht mit einem kalten Waschlappen oder saß stundenlang einfach bei ihm und streichelte seine Hand oder sein Gesicht. Da er nicht genug trinken wollte, musste er an einen Tropf gelegt werden.

Abends nach der Arbeit kam Peter und besuchte seine zwei, die er zu Hause sehr vermisste. Wie ruhig und einsam war es in der Wohnung.

Nur selten kam Änne dazu darüber nachzudenken, dass sich der Verdacht der Hepatitis bestätigt hatte.

Und wenn sie ein paar Minuten Zeit hatte, stellte sie erstaunt fest: Jetzt, wo die Diagnose feststand, war die Angst fast verschwunden. Sie war lange nicht so verzweifelt, wie in den nicht enden wollenden Nächte, in denen sie durch die Wohnung gewandert war, weil sie nicht schlafen konnte.

Doch dann, als sie mit ihrer Mutter telefonierte, ließ sie ihrer Verzweiflung freien Lauf. Wie gut tat es ihr, zu weinen, sich fallen lassen zu können und selber wieder Kind zu sein.

Ihre Mutter bot ihr an, zu ihr zu kommen, doch sie wusste, es wäre für Hanna nur Stress gewesen – und bis auf ihr Seelenheil zu trösten, hätte Hanna auch nicht viel für sie und ihre Familie tun können. Also gab sie sich stark und sagte ihr, dass sie es schon alleine schaffen würde.

In stillen Minuten dachte sie natürlich darüber nach, was nun alles auf sie und besonders auf ihren Sohn zukommen würde. Mit dieser Erkrankung konnte er niemals mit seinen Kumpels ein Bier trinken gehen, eine mögliche Freundin müsste vor einem intimeren Kontakt geimpft werden – und über Aussicht, dass nach einigen Jahren die Leber geschädigt sein würde, schob sie ganz weit von sich.

Die Oberärztin der Abteilung war – welch Zufall – Expertin für Hepatitiserkrankungen.

Am zweiten Tag ihres Klinikaufenthaltes ergab sich für Änne die Gelegenheit zu einem Gespräch.

„Ich denke, der Ausschlag ist eine allergische Reaktion auf den Hustensaft, den ihm der Kinderarzt vor kurzem verschrieben hat," diagnostizierte Frau Dr. Lange. Der Kinderarzt hatte dies etwas anders gesehen und auf Pfeiffrisches Drüsenfieber getippt. „Meinen sie, mit der Hepatitis kann das nichts zu tun haben?" fragte Änne.

Die Ärztin sah sie erstaunt an. „Ach ja, das habe ich ja gelesen," sagte sie nach kurzem Zögern. „Der Junge hat ja eine Hepatitis B. Wie ist er denn damit in Berührung gekommen?" fragte sie.

Gleichzeitig zog sie, um ihrem Erstaunen Ausdruck zu geben, ihre linke Augenbraue hoch.

„Wir haben ihn adoptiert," erklärte Änne. „Wir sind erst seit einigen Wochen hier in Deutschland und seit gestern weiß ich von der Diagnose."

„Ja, das kommt in den östlichen Ländern oft vor," sagte die zierliche schwarzhaarige Frau. Sie schien von Ännes Kummer kaum Notiz zu nehmen. ‚Na ja,' dachte Änne bitter, ‚was kann man von einem Arzt, der fast jeden Tag viel Schlimmeres mit ansehen musste, schon erwarten.'

Während Änne darüber nachdachte, wie unsensibel Ärzte manchmal sind, sprach Frau Dr. Lange schon weiter: „Ich hatte kürzlich auch einen Jungen aus dem Osten, der hatte Hepatitis B und C. Und beides war schon chronisch. Bei Ihrem Sohn ist es sicherlich auch schon chronisch, denn bei Kindern ist das eigentlich fast immer so. Es gibt aber eine Möglichkeit der Heilung, nämlich mit einer Interferon-Therapie. Die Heilungschance liegt bei Kindern bei circa 50 %."

Änne horchte auf.

„Das Interferon wird drei mal wöchentlich gespritzt," erklärte Frau Dr. Lange. „Und das etwa ein halbes Jahr lang. Zur Zeit habe ich gerade einen Patienten, den ich in Therapie habe. Er ist drei Jahre alt und wurde auch in der Ukraine adoptiert."

„Ja," sagte Änne, „ich weiß, wer das ist. Wir werden, wenn wir aus dem Krankenhaus entlassen sind, auch mal Kontakt mit der Familie aufnehmen."

„Nun ja," beschloss die Ärztin das Gespräch, „jetzt werden wir ihren Sohn erst mal wieder fit machen und dann sehen wir uns mal die Leberwerte an. Wenn wir zu dem Ergebnis kommen, dass die Hepatitis schon chronisch ist, werden wir eine Leberdiopsie machen. Danach entscheiden wir dann, ob wir eine Therapie machen oder nicht."

Kaum hatte sie dies ausgesprochen, rauschte sie auch schon mit wehendem weißen Kittel davon.

Änne sah ihr nach. ‚Na, so ganz mein Geschmack ist sie nicht," dachte sie. „Ein wenig mehr Einfühlungsvermögen hätte ich mir schon gewünscht."

Aber zumindest hatte sie das Gefühl, eine kompetente Person kennen gelernt zu haben, die ihr sicherlich weiterhelfen würde. Erst nach vier Tagen ging es Alexander besser. Die Flecken wurden heller, das Fieber sank langsam.

Zwei Tage, bevor sie die Klinik verlassen durften, nahm die Stationsärztin sie zur Seite. „Die Blutergebnisse sind da." Änne sah sie ängstlich an. Was würde sie ihr nun eröffnen.

„Im Blut wurden Antikörper gefunden. Es sind aber nicht die Antikörper, die die Krankheit als ausgeheilt gelten lassen. Die gefundenen Antikörper gehören zur Hülle und zu den Fasern an der Hülle des Viruskerns. Dies könnte ein Anzeichen für eine Erkrankung in der Abheilungsphase sein. Die erforderlichen Antikörper, die den Viruskern betreffen, müssen noch gebildet werden."

Änne hörte aufmerksam zu.

„Das würde auch bedeuten, dass gar keine Therapie gemacht werden muss. Deshalb müssen wir morgen nochmals die Leberwerte überprüfen und sie müssen alle drei Monate zur Blutabnahme kommen."

„Ja, natürlich kommen wir," beeilte sich Änne zu sagen. „Wenn ich sie richtig verstanden habe, ist Alexander also höchstwahrscheinlich in der Ausheilungsphase. Das bedeutet doch dann wohl auch, dass seine Erkrankung auf gar keinen Fall chronisch ist, oder?"

„Das kann man so nicht sagen," wandte die Ärztin ein. „Es ist trotzdem durchaus möglich, dass die Hepatitis chronisch ist."

Ännes aufkeimende Hoffnungen fielen zusammen wie ein Kartenhaus. ‚Ist denn bei dieser Krankheit gar nichts normal?' dachte sie frustriert. ‚Irgendwie ist immer alles anders, als man es kombiniert hatte.'

Als Peter abends ins Krankenhaus kam, hatte er Nachrichten zu berichten.

„Ich habe gestern Abend bei Lilia angerufen. Sie hat sich mit dem Heim in Verbindung gesetzt und nachgefragt, was es mit der Hepatitis auf sich hat und warum sie uns die Krankheit einfach verschwiegen haben," sagte er.

„Und?" unterbrach ihn Änne ungeduldig.

„Die haben dort gesagt, dass es im Heim keine Hepatitis gäbe und ob wir das Kind zurückgeben wollen."

„Das ist doch wohl ein Witz, oder?" fragte seine Frau ungläubig.

„Nein, ich glaube nicht," war Peter der Meinung. „Auf jeden Fall haben sie sich gut rausgewunden aus der Anschuldigung."

„Das heißt dann wohl, dass Alexander die Hepatitis von seiner leiblichen Mutter bekommen hat," spekulierte Änne. „Das passt auch dazu, dass er sich in einer fortgeschrittenen Phase befindet. Das heißt dann aber wiederum, dass nach eineinhalb Jahren die Krankheit in jedem Fall chronisch ist."

„Hör auf mit diesen Spekulationen," sagte Peter bestimmt. „Du machst dich schon wieder verrückt. Sieh erst mal zu, dass er gesund und wieder entlassen wird."

Er nahm seine Frau in den Arm. „Ich glaube du hast schon langsam einen Krankenhauskoller – na ja, kein Wunder.

Seit einer Woche hängst du in dem kleinen Raum – was hältst du davon, wenn wir die Krankenschwestern mal ihre Arbeit tun lassen, in die Altstadt gehen und einen Happen zusammen essen?"

Änne sah ihn liebevoll an. Das war eine gute Idee. Vielleicht würde es ihr hinterher besser gehen.

Bevor Alexander nach gut einer Woche aus der Klinik entlassen wurde, nahmen die Ärzte ihm nochmals Blut ab, was sofort im Labor untersucht wurde.

„Das Ergebnis zu zufriedenstellend," berichtete die Stationsärztin. „Die Leberwerte sind wieder rapide gefallen. Das ist ein sehr gutes Zeichen. Bei der ersten Untersuchung beim Kinderarzt – vor dem Klinikaufenthalt – waren die Werte auf 22 und 24. Das ist minimal erhöht. Dann, bei der Untersuchung hier im Krankenhaus vor einer Woche, waren die Werte auf über 300 erhöht. Das kann zum einen durch die Medikamente kommen, zum andern durch die Erkrankung. Bei der Blutuntersuchung von heute waren die Werte schon wieder auf 57 und 102 gesunken. Das ist ein gutes Zeichen und zeigt, dass die Erkrankung kein Schub der Hepatitis war.

In diesem Fall wären nämlich die Werte bei 300 geblieben," erklärte die Stationsärztin ausführlich.

„Das ist ja spitze," freute sich Änne und ergriff die Hand, die ihr die Ärztin reichte.

„So, dann entlasse ich ihren Sohn und wir sehen uns in einem Monat zur Blutkontrolle. Das Ergebnis geben wir dann an ihren Kinderarzt, Herrn Dr.," sie machte eine Pause und sah auf ihre Akte, „Dr. Krüger. Sie können dann die Ergebnisse mit ihm besprechen, das ist für sie einfacher," sagte die Medizinerin. „Ja, dann müssen wir nicht so weit fahren. Gut. Dann bis in vier Wochen. Und vielen Dank für alles," verabschiedete sich Änne.

Wieder zu Hause war einiges zu tun. Alle möglichen Leute, die etwas mit Medizin zu tun hatten, versuchten alles in Erfahrung zu bringen, was mit einer Hepatitiserkrankung zu tun hatte. Und so wuchs der Berg an Informationen.
Nach und nach wurden Änne und Peter davon überzeugt, dass sie es hier zwar mit einer etwas undurchschaubaren Krankheit zu tun hatten, aber dennoch war sie ihnen lieber als manche andere.
Sie stellten sich vor, Alexander wäre mit dem HIV-Virus infiziert gewesen und waren sich einig: eine Hepatitis, die die betreuenden Ärzte nur geringfügig nervös machte, war da auf jeden Fall das kleinere Übel.

An einem der nächsten Wochenenden fuhren sie zu Familie Jost. Das war die Adoptivfamilie von der Frau Dr. Lange erzählt hatte. Sie hatten zwei Kinder in der Ukraine adoptiert und eines der Kinder war ebenfalls mit Hepatitis B infiziert.
„Das sind Dennis und Dominik," stellte ihnen die schlanke hübsche Frau ihre Söhne vor. „Dennis," und zeigte auf den linken der beiden süßen Jungs, „ist derjenige mit der Hepatitis. Aber kommt, jetzt wollen wir erst mal Kaffee trinken, die Kinder sterben nämlich schon vor Hunger."
Änne lachte und sah sich die zwei Kinder genau an. Sie waren sich nicht sehr ähnlich. Jedes war auf seine Art sehr hübsch. Ganz schüchtern standen sie da und beäugten den kleinen Alexander, der noch einen ganzen Kopf kleiner war als sie.

Später, als sie gemeinsam an dem großen rustikalen Tisch saßen, sagte Sabine Jost: „Wir haben von der Erkrankung erst erfahren, als wir schon ein halbes Jahr wieder in Deutschland waren. Wir waren auch nicht geimpft, so dass wir natürlich Angst hatten, wir hätten uns auch infiziert.

Aber trotz des engen Kontaktes ist nichts passiert. Auch Dominik hat sich nicht angesteckt. Das war eigentlich ein Wunder, denn schon ein hundertstel Milliliter reicht für eine Ansteckung aus."

„Wirklich?" rief Änne entsetzt aus. Sofort überlegte sie, welche Situationen es gegeben hatte, bei denen sie sich hätten anstecken können. Peter zum Beispiel hatte Alexander verarztet, als er im Versorgungsamt gefallen war. Er hatte wirklich stark geblutet.

„Aber, glaub mir," sagte Sabine, als sie Ännes panisches Gesicht sah, „auch bei euch ist nichts passiert. Alexander ist ja nicht in der akuten Phase, er ist wirklich nur über Blut ansteckend. In der akuten Phase sind alle Körperflüssigkeiten hoch ansteckend. Ich weiß noch wie viel Angst ich am Anfang hatte – nicht nur vor einer Ansteckung, vor allem auch vor dem Krankheitsverlauf von Dennis. Aber man wächst in die Situation rein. Jetzt gehört es einfach dazu, und wir haben es akzeptiert, dass es so ist.

Und vielleicht haben wir ja Glück und die Therapie schlägt gut an. Bei Kindern ist die Chance auf eine Heilung ja immerhin bei 50 %, Erwachsene haben lediglich eine Chance von 10 bis 20 %."

„Da wünsche ich euch ganz viel Glück. Verträgt er das Interferon denn gut?" wollte Peter wissen.

„Bis auf eine extreme Müdigkeit eigentlich schon. Er bekommt es jetzt seit 9 Monaten gespritzt. Eigentlich sollten wir schon nach 6 Monaten eine Pause machen, doch genau zu dem Zeitpunkt hatte ich das Gefühl, dass sich irgendetwas verändert. Er bekam leichtes Fieber und einige Anzeichen dafür, dass die Therapie eventuell anschlägt. Deshalb haben wir noch weitergespritzt. Jetzt müssen wir auf das Blutergebnis warten."

„Das hört sich doch ganz gut an. Vielleicht ist bei euch schon alles vorbei," sagte Änne.

Als sie am späten Abend mit Alexander wieder nach Hause fuhren, wussten sie viel mehr über die Krankheit als vor einigen Stunden – und vor allem, sie hatten gesehen, dass es Hoffnung gibt, die Krankheit zu besiegen.
Änne bewunderte Sabine und ihren Mann, wie relaxt sie mit der Krankheit umgingen. ‚Na ja, vielleicht werde ich das mit der Zeit auch noch lernen. Schließlich stehen wir ja noch ganz am Anfang,' dachte sie bei sich.

Die nächsten Wochen vergingen wie im Flug.
Alexander war glücklich wieder zu Hause zu sein und so langsam begann das Leben wieder in normalen Bahnen zu laufen.
Bei einem erneuten Besuch beim Kinderarzt ergab sich, dass diesem noch immer noch nicht so ganz klar war, welche Ursache dieser fiebrige Ausschlag hatte. Er schloss auch einen Schub der Hepatitis nicht aus, worüber sich Änne und Peter sehr viel Sorgen machten. Ein solcher Hepatitisschub wies nämlich auf eine sehr aggressive Form der Infektion hin, bei der die Leber in kürzester Zeit zerstört würde.

Zufällig ergab es sich, dass der Termin für die Besprechung der Serologieergebnisse auf den 27. des Monats fiel.
Ännes hatte an einem 27. Geburtstag, und es war gleichzeitig ihre Glückszahl. Sie wertete den Termin als gutes Omen und erinnerte sich an ein altes Spiel, das sie mit Peter immer gespielt hatte, wenn sie zum Skifahren in die Alpen fuhren oder sonstige lange Strecken mit dem Auto zurücklegen mussten.
Dabei wurden die Nummerschilder der vorbeifahrenden, Autos beobachtet und aufsteigende Zahlen gesucht. Eine 511 war demnach eine 1 und gleichzeitig auch eine 11 und eine 511.
Während Änne zur Kinderklinik fuhr, suchte sie alle Autokennzeichen nach den aufsteigenden Zahlen ab.

Ihr Ziel war die 27. Es war für sie wie ein Schwur – wenn sie auf dieser relativ kurzen Strecke bis 27 kam, würde Alexander gesund werden.

Sie sah in den Spiegel: ,Spinnst du eigentlich?,' fragte sie sich selbst. ,Du glaubst doch sonst auch nicht an so einen Hokuspokus!'
Und trotzdem: Irgendwie gab es ihr Hoffnung und so suchte eifrig weiter.
Als sie nach einer halben Stunde in die Stadt fuhr, war sie bereits bei 24 angelangt. Da – eine 25. Und dort parkte eine 26. Jetzt fehlte nur noch die 27.
Plötzlich - sie konnte es kaum glauben: Da stand ein schwarzes Cabriolet mit dem Kennzeichen MR-K 27. Eine „echte" 27. Das musste ein gutes Zeichen sein.
Als sie mit Alexander auf dem Arm die Kinderklinik betrat, hatte sie ein gutes Gefühl: alles würde gut werden.

„Hallo," begrüßte Änne Frau Dr. Lange. Die Oberärztin lächelte sie an.
„Wie geht es denn ihrem kleinen Fratz?" fragte sie.
„Ganz gut," antwortete Änne. „Er ist wie alle Kinder, mal ganz lieb und dann wieder..." Sie ließ den Satz in der Luft hängen.
Frau Dr. Lange lachte. „Ich verstehe – zum hinter die Tapete kleben, oder?"
„Stimmt genau, aber das ist ja ganz normal," lachte Änne.
„Ja, dann wollen wir mal sehen, wie die Ergebnisse der Serologie waren." Sie nahm die Akte, die vor ihr auf dem Schreibtisch lag und blätterte darin herum, bis sie ein Blatt herausholte. „Es gibt insgesamt drei Antikörper, die gebildet werden müssen. Zwei sind bei Alexander schon da – nur der wichtigste fehlt noch.

So wie die Entwicklung und die Werte aussehen ist die Hepatitis bei ihrem Sohn nicht mehr akut, aber auch noch nicht chronisch. Es befindet sich irgendwo dazwischen.
Da die Leberwerte sich wieder sehr gut gesenkt haben, könnte man darin eine – wenn auch geringe - Chance sehen, dass er die Krankheit selber ausheilt."
„Das wäre ja unglaublich," sagte Änne atemlos.
„Wie gesagt – die Chance besteht zwar, aber sie ist wirklich gering. Machen sie sich bitte nicht zu viel Hoffnung, denn eine

Ausheilung bei Kindern ist extrem selten," dämpfte die Oberärztin Ännes Freude.

Draußen auf dem Parkplatz nahm Änne ihren Sohn ganz fest in den Arm und sagte sie zu ihm: „Hörst du, ich glaube ganz fest an dich. Du bist so fit, so willensstark und hast ein so gutes Immunsystem – ich weiß, dass du die Krankheit besiegen wirst. Ich denke an den Regenbogen und glaube ganz fest daran."

Als sie zu Hause ankamen, saß Peter am Computer und spielte sein Lieblingsspiel Siedler. „Oh, je," sagte Änne zu ihrem kleinen Sohn, „der Papa hat jetzt gar keine Zeit für uns, er frönt seinem Hobby."

„So ein Quatsch," sagte Peter entrüstet. „Ich habe auf euch gewartet, und um mir ein wenig die Zeit zu verkürzen, habe ich halt den Computer mal schnell angemacht."

„Och," meinte Änne daraufhin und zeigte auf den Bügelberg, „damit kann man sich auch sehr gut die Zeit vertreiben."

Alexander war derweil auf seinen Papa losgestürmt und der schmiss den Kleinen sogleich aufs Ehebett und kitzelte ihn durch. Änne beobachtet die zwei und dachte: ‚Es ist einfach zu schön diese beiden zu sehen. Wie sehr ich sie liebe.'

Am gleichen Abend kam eine SMS aus der Ukraine. Elfi und Manfred Werner waren vor ein paar Tagen nach Kiew geflogen. Änne schüttelte den Kopf. Das hörte sich ja chaotisch an. Zuerst hatten sie am Flughafen ihren Rucksack verloren und dann war am nächsten Tag im Adoptionszentrum die Vorabzustimmung der Deutschen Ausländerbehörde abhanden gekommen.

Gespannt las sie laut weiter vor: ‚Gestern waren wir in Krementschuk. Dort haben wir einige Kinder angesehen, aber sie waren alle krank. Jetzt sind wir wieder in Kiew und bleiben eine Nacht hier, um morgen wieder mit Lilia ins Adoptionszentrum zu gehen.

Heute zeigt uns Lilia die Stadt – Kiew ist wirklich toll. Wir melden uns bald wieder. Grüße von Elfi und Manfred.'

„Die Ärmsten," sagte Peter mitleidig. „Die haben ja ein Pech. Hoffentlich war in dem Rucksack nichts ganz Wichtiges.

„Das hoffe ich auch," sagte Änne und schnappte sich ihren Sohn. „Und du machst jetzt einen Abflug." Schon schwang sie ihn wie ein Flugzeug durch die Luft – es ging aus dem Wohnzimmer, durch den Flur ins Kinderzimmer.

Beim Schlafengehen hatten sie ein kleines Ritual, was sie jeden Abend einhielten. Erst wurde die Musikanlage ausgestellt, das Rollo runtergemacht und dann flog der kleine Mann in sein wunderschönes Himmelbett. Anschließend knieten sich Änne und Peter vor sein Bettchen.

„Soll ich Dir noch eine Geschichte erzählen?" fragte Änne. Alexander juchzte: „Ja."

„Also gut: Es war einmal ein kleiner Junge, der hieß Wladic. Er wohnte mit ganz vielen anderen Kindern im Heim. Die Frauen dort hatten ihn sehr lieb, aber es fehlten ihm eine Mama und ein Papa.

Eines Tages kamen eine Mama und ein Papa aus Deutschland. Sie sahen den kleinen Mann und verliebten sich sehr in ihn. Sie sagten: „Du heißt jetzt Alexander und bist nun unser kleiner Junge.

Wir nehmen dich mit nach Deutschland." Und dann fuhren sie ganz lange mit dem Zug und flogen hoch oben in den Wolken mit dem Flugzeug, denn Deutschland war ganz weit weg.

Als sie dann nach Hause kamen, bekam der kleine Alexander ein eigenes Zimmer mit ganz vielen Spielsachen und einem schönen Bettchen.

Und ganz viele Kinder kamen zu Besuch und brachten ihm Geschenke, weil sie sich freuten, dass Alexander jetzt bei ihnen in Deutschland wohnt. Und es gab auch zwei Omas und einen Opa – die liebten ihren kleinen Enkel sehr.

Sehr schnell hatte sich Alexander eingewöhnt und es schien so, als wäre er schon immer bei ihnen gewesen. Mama und Papa freuen sich jeden Tag, dass er bei ihnen ist.

So, mein Schatz, jetzt ist die Geschichte zu Ende und wir wollen nun beten."

„NEIN. Lala" sagte Alexander mit seiner piepsigen Babystimme. Peter sah Änne an. „Du sollst ihm noch was vorsingen."

„Nach schön," ließ sich Änne schnell überreden und begann zu singen: „Guten Abend, gute Nacht, mit Röslein bedacht, mit Näglein besteckt, schlupf unter die Deck. Morgen früh, so Gott will wirst du wieder geweckt, morgen früh, so Gott will wirst du wieder geweckt." Alexander sah ihr mit leuchtenden Augen zu und wiegte seinen Kopf hin und her zur Melodie.

„Jetzt wollen wir beten," sagte Änne und nahm Alexanders Hände in ihre und faltete sie.

Dann sagte sie: „Lieber Gott, danke für diesen schönen Tag. Danke dafür, dass Alexander bei uns ist und dass wir so glücklich sind. Lieber Gott wir bitten Dich: beschütze Elfi und Manfred, dass sie „ihr" Kind finden und gesund wieder zurückkehren und bitte bitte mach den kleinen Alexander gesund. Amen."

„Amen," sagte Peter und dann küssten sie ihren kleinen Sohn liebevoll. „Jetzt schlaf schön und träum was Schönes." Dann zogen sie die Musikuhr auf und schlossen die Tür.

Drinnen blieb alles still. Doch plötzlich hörten sie Alexander singen.

Unwillkürlich sahen sie sich an und mussten lachen. „Ist er nicht süß? Und ich glaube, er ist glücklich bei uns,' sagte Peter.

„Das hoffe ich auch," antwortete Änne. „Papa sagt immer: Der Kleine hat einen Volltreffer gezogen. Und wir auch, oder?" Nach einer kurzen Pause sagte sie, während sie ins Wohnzimmer gingen.

„Weißt du eigentlich, was er letzte Woche gesagt hat, nachdem ich ihm die Geschichte von seiner Adoption erzählt habe?"

„Nein, was denn?" fragte Peter gespannt und setzte sich an den Esstisch.

„Ich habe ihn gefragt: ' Alexander, weißt du denn wer Wladic ist?' Erst sagte er nichts. Dann habe ich noch mal gefragt: ‚Wer ist Wladic?' Und da hat er doch wahrhaftig geantwortet: ‚ Alex'. Ich war echt platt.

Spätestens da wurde mir klar, dass er nichts vergessen hat und vor allem, dass er irrsinnig viel versteht."

„Das ist ja ein Ding," sagte Peter staunend. „Ich habe ja schon immer gesagt, man sollte diese kleinen Würmer nicht unterschätzen. Die wissen viel mehr, als wir glauben. Und das nutzen sie schamlos aus," lachte Peter. „Hast du Lust ‚Bonanza' zu spielen?"
„Au ja," freute sich Änne, „das haben wir ja seit der Ukraine nicht mehr gespielt."
„Wann auch?" fragte Peter und holte das Spiel aus dem Schrank. „Es war ja immer irgendwas los."

Später, Änne und Peter lagen schon im Bett, streichelte Peter durch Ännes Haar und sagte: „Eigentlich müsstest du die Geschichte, die du vorhin erzählt hast, mal aufschreiben."
„Ja," sagte Änne nachdenklich. „Das müsste ich wirklich mal tun."
Am nächsten Morgen nahm sie sich einen Block und begann zu schreiben. Plötzlich hatte sie eine Melodie dazu im Kopf. Sofort griff sie nach ihrer Gitarre und begann Text und Musik zu verbinden.

Zwei Wochen später war das Lied fertig. Als Peter abends nach Hause kam, saß Änne mit der Gitarre im Sofa und sang die langsame Melodie:

1)   *Ein Blick, unsre Herzen schlagen laut,*
     keiner atmet, weil sich keiner traut.
     Du läufst ganz zaghaft auf uns zu,
     ernst und neugierig und so süß bist du.

2)   *Du schaust und bist ganz still dabei,*
     und fragst dich, wer sind wohl diese zwei.
     Eine erste Berührung mit dir,
     du warst Wladic und Alex wird aus dir.

Refrain:
Mein Sohn, es ist als wärst du schon immer da,
ich weiß nicht wie es vorher mal ohne dich war.
Ohne Spielzeug im Flur, ohne Legos in den Schuh'n
Ohne singen, ohne lachen und ohne einmal auszuruhn.

Dies Gefühl ist unbeschreiblich wenn du lachst,
du weißt noch nicht wie glücklich du uns machst.

3)   *Du fährst das erste mal weit fort*
     Von Mariupol, du bist geboren dort.
     Du schaust - und dein Blick ist leer -
     Aus dem Fenster auf Kiews Häusermeer.

4)   *Ein Flugzeug, das hast du nie gesehn,*
     auch Omas Tränen, die kannst du nicht verstehn.
     Fremd war dir – auch dein neues Heim,
     mit all diesem schliefst erschöpft du ein.

Refrain: *Mein Sohn, es ist als wärst du...*

5)   *Dann der Schreck, dein Blut ist nicht o.k.*
     Doch du bist fit, es tut dir gar nichts weh.
     Werd' gesund, nur dieses wünschen wir,
     und die Welt gehört ganz sicher dir.

6)   *Alex, du bist ein wahrer Sonnenschein,*
     du kannst dich – so von Herzen freun.
     Wie gut's dir geht, man an dir sehen kann,
     überglücklich blicken wir dich an.

Alex, du läufst mit offnen Armen auf uns zu,
du lachst und motzt, ein richtger Lausebub bist du...
Refrain: *Mein Sohn, es ist als wärst du...*

„Es ist wirklich wunderschön," sagte Peter bewegt und setzte sich zu Änne aufs Sofa. Und auch Alexander schien das Lied zu gefallen. Er krabbelte zu ihnen und setzte sich auf Peter Schoß und sah von einem zum andern.
Ob er verstand, worum es ging?

126

Alexanders 2. Geburtstag

„Ich war heute noch mal bei Dr. Gadow," sagte sie am Abend zu Peter.

„Und?" wollte der wissen, „was hat er gesagt?"

„Er meint, wir sollten Alexander homöopathische Medikamente geben – er hat auch schon zwei rausgesucht, die seiner Meinung nach die richtigen wären," antwortete Änne. Sie stand auf und holte aus ihrer Tasche ein Buch über die verschiedenen homöopathischen Mittel. Darin stand unter anderem, aus welchen pflanzlichen Auszügen sie bestehen und für welche Krankheiten sie gut sind.

„Dr. Gadow hat uns Hepeel und Engystol empfohlen. Hier steht, dass sie insbesondere bei Hepatitis gut wirken. Außerdem stärken sie das Immunsystem, so dass der Körper stark gemacht wird für den Kampf mit dem Virus," erkärte Änne. „Nebenwirkungen gibt es keine."

„Dann sollten wir das auf jeden Fall versuchen," war Peters Meinung.

„Ich denke auch: da können wir nichts verkehrt machen," schloss sich Änne seiner Meinung an und klappte das Buch zu. „Zwar müssen wir die Medikamente ohne Rezept in der Apotheke kaufen, aber wenn's denn hilft. Ich hole sie morgen gleich und dann kann es losgehen."

Alexander gewöhnte sich schnell daran, seine Tabletten einzunehmen. Es gab für ihn jeweils eine zu jeder Mahlzeit.

Abends gab ihm Änne noch eine Flourtablette für die Zähne dazu. Genüsslich kaute er die weißen Pillen und glaubte vielleicht sogar, es wären Bonbons.

Schon bald war wieder ein Monat rum und sie mussten wieder in die Kinderklinik fahren, um Blut abnehmen zu lassen.

Wieder hatte Änne den Termin auf den 27. gelegt und wieder suchte sie die Nummernschilder der Autos nach den Zahlen bis 27 ab. Diesmal kam sie sogar bis 29 – ein gutes Zeichen. Es geht weiter.

Einige Tage später setzte sie sich mal wieder an ihr Tagebuch und schrieb:

,Heute haben wir die Ergebnisse von der letzten Blutentnahme bekommen. Die Leberwerte sind auf 32 und 38 gesunken, sind also fast wieder normal. Hoffentlich helfen die homöopathischen Mittel.

Vorgestern, am ersten Mai, sind wir gewandert und hinterher auf unserer Grillhütte eingekehrt. Dort haben wir viele Leute getroffen. Zwischenzeitlich hat sich die Erkrankung von Alexander natürlich im Ort verbreitet wie ein Lauffeuer. Einige haben uns darauf angesprochen. Eine Frau erzählte, dass sie selbst Betroffene ist. .Ihre Hepatitis C jedoch verkapselt, das heißt sie ist ausgeheilt.. Sie erzählte von jemandem, den sie gut kennt und der gerade auf eine Spenderleber wartet.

Eine andere Frau wusste zu berichten, dass in der Genforschung in diese Richtung sehr viel versucht wird und vielleicht in absehbarer Zeit eine erfolgreiche Therapie entwickelt wird. Ja, das wäre doch toll, wenn sich da in nächster Zeit etwas tun würde.

Unser kleiner Süßer entwickelt sich prächtig, man merkt einfach, dass er sich hier pudelwohl fühlt.

Seine Fortschritte sind unglaublich, er ist schon 5 cm gewachsen, versteht jedes Wort und spricht inzwischen auch jedes Wort nach.

Vor allem so seltsame Sachen wie Zwiebel, Spatz – wobei das eher wie Patz klingt – und vieles mehr. Manchmal wenn es schnell gehen muss und Papa und Mama gemeinsam gerufen werden heißt das dann Mappa.

Er hört auch bei allen Gesprächen zu, die wir Erwachsenen führen. Vor ein paar Tagen lag Sand auf unserem Balkon.

Ich habe zu Peter gesagt, dass ich ihn gleich wegfegen will, wenn Alexander reingegangen ist. Und was macht unser kleiner Süßer? Holt mir den Besen!

Letztens saß ich auf Toilette, er kam rein und betrachtete das Handtuch, auf dem ein Elefant zu sehen war. Ich sagte: Alexander, guck mal, das ist ein Elefant. Da rennt er los und als er wiederkam, brachte er mir seinen kleinen Holzelefanten.

Köstlich ist auch, wenn er schimpft. ‚Oh, Mann!' ist sein absoluter Schimpfwort-Favorit.
Besonders gerne schaut er seine Fotos an. Auch die aus seiner Zeit in der Ukraine. Letztens hat er irgendwas zu einem Bild gesagt, worauf alle seiner Kinder aus der Gruppe zu sehen waren. Was das bedeuten sollte, konnten wir aber leider nicht verstehen.
Manchmal sehe ich ihn an und denke: Das ist Glück. Und erst jetzt ist mir bewusst, dass dieses Glück anders ist als alle anderen glücklichen Momente, die ich vorher kannte. Dieses Gefühl ist wirklich zum Heulen schön. Ich habe ihn so lieb, dass ich manchmal das Gefühl habe, mehr geht nicht. Dieses Gefühl könnte für ein leibliches Kind könnte nicht ausgeprägter und schöner sein.'

Änne klappte ihr Tagebuch zu und stützte ihren Kopf in ihre Hände.

Sie hätte noch viel mehr schreiben können, jeder Tag war voller Überraschungen und witzigen Begebenheiten. Sie hatte schon vom ersten Tag an Tagebuch geschrieben – das war für Alexander bestimmt später mal interessant zu lesen.

Was sie alles erlebt hatten, um ihn zu finden und vor allem was sie mit ihm erlebt hatten, seit er bei ihnen war.

Eine Woche später war Alexanders zweiter Geburtstag – den er zum ersten Mal in seinem neuen Zuhause feiern konnte.

Oma Hanna hatte es sich natürlich nicht nehmen lassen zu diesem Ehrentag anzureisen. Sie und Änne hatten am Abend vorher schon gebacken und vorbereitet. Sein Geburtstag fiel auf einen Dienstag. Das war der Tag, an dem sie sich immer mit den andern Kindern in der Krabbelgruppe trafen. Das passte sich gut, hatte sich Änne gedacht und beschlossen, mit den Kindern und Müttern auf dem Spielplatz zu feiern, wenn das Wetter mitspielte. Alle Getränke, Kuchen, Kekse und sonstigen Süßigkeiten würden zum Spielplatz gefahren und dort liebevoll auf Holzbänke dekoriert.

Plötzlich war Hanna ganz aufgeregt. „Guck mal, da – ein Schornsteinfeger!"

Na, wenn das kein Glückstag war. Sofort stürmte sie auf den bedauernswerten Mann zu und Änne konnte sehen, wie sie mit ihm diskutierte. Plötzlich winkte sie Änne und Alexander herbei. Änne fand das zwar ein bisschen peinlich, aber ein wenig abergläubisch war sie doch und so gab sie dem Schornsteinfeger ihr Kind auf den Arm und hoffte sehr, dass dieses, durch eine Berührung mit dem schwarzen Mann, vielgepriesene Glück Alexander an seinem Geburtstag doppelt vergönnt war.

Und dann kamen nach und nach die Kinder. Sie tobten, kletterten, rutschten, wippten und hatten viel Spaß. Zwischendurch aßen sie sich am Büffet rauf und runter – es war eine Wonne ihnen zuzuschauen.
Alexander verstand zwar nicht so richtig, warum sich mal wieder alles um ihn drehte, aber die Hauptsache war:
Es war ein toller Tag.
Abends, als er endlich im Bett lag, was nach so einem Tag natürlich etwas problematisch war, saßen Änne, Peter und Hanna noch zusammen.
„Wisst ihr eigentlich zu schätzen, was für ein tolles Kind ihr habt?" fragte Hanna. Änne und Peter sahen sie etwas überrascht an.
„Natürlich wissen wir das," sagte Peter etwas entrüstet. „Er ist wirklich unglaublich – so aufgeweckt, so fröhlich und witzig. Einfach zum lieb haben," sagte Hanna und fühlte sich ganz als Oma. „Es ist ein so tolles Gefühl Oma zu sein – das hätte ich nie gedacht. Es ist wirklich einmalig. Wie viele Leute sind ohne Kinder und so unglücklich darüber – wenn sie wüssten, was ihr für ein tolles Kind habt, würden sie doch bestimmt auch ins Ausland fahren und ein Kind adoptieren. Eigentlich müsstest du ein Buch darüber schreiben. Du hast doch in der PR-Abteilung einer Zeitung gearbeitet, das könntest du doch sicher, oder?" fragte sie Änne.
„Ich denke schon," antwortete diese. „Aber eigentlich hatte ich erst mal an ein Kinderbuch gedacht. Es sind inzwischen so viele Kinder in Deutschland, die aus dem Ausland adoptiert worden waren, dass es sicherlich auch Interessenten für ein solches Buch geben würde.

Außerdem hat es mir ja unheimlich viel Spaß gemacht, das Lied zu schreiben – nun da es fertig ist, fehlt mir die Arbeit und gleichzeitig die Auseinandersetzung mit dem Thema Adoption." „Wie?" lachte ihre Mutter. „Dir fehlt die Arbeit – hast jetzt nicht genug davon? Wäsche waschen, bügeln, kochen, einkaufen, aufräumen..."
„Hör bloß auf," fiel Änne ihr ins Wort. „Kein Mensch kann so viel Unordnung machen, wie dieser unordentliche kleine Knips. Es ist wirklich unglaublich."
Noch lange saßen die drei in der lauen Frühsommernacht auf dem kleinen Balkon.
Eine blaue Kerze brannte auf dem ovalen Tisch und in den wenigen Momenten der Stille konnten sie die Grillen zirpen hören.
Einige Abende später setzte sich Änne an den Küchentisch und überlegte. Ein Kinderbuch!
Nach und nach begann sie zu schreiben:

Alexander , der Junge, der vom Regenbogen kam

Ein kleiner Junge lebte in einem russischem Land
und wurde von allen dort Wladic genannt.
Er wohnte im Heim, seine Eltern warn arm;
im Heim gab's zu essen und es war immer warm.

Wladic war ein fröhliches Kind mit blondem Haar,
das der Liebling aller Kinderfrauen war.
Nur manchmal war sein Blick ganz leer,
denn Eltern nur für ihn – ja die fehlten ihm sehr.

In Deutschland lebten seit vielen Jahren
Änne und Peter, die ohne Kinder waren.
Doch sie wünschten sich schon immer,
ein glückliches Lachen aus dem Kinderzimmer.

Wie gern hätten sie Tochter oder Sohn,
und so entschlossen sie sich zur Adoption.
Sie dachten: 'Vielleicht gibt es in Russland ein Kind,
für das wir die passenden Eltern sind'.

Der Flug dorthin war wunderschön,
und sie konnten einen Regenbogen sehn.
Er zeigt an den Bund zwischen Gott und der Erde
und dass die Reise ein gutes Ende nehmen werde.

In Kiew wartete Lilia schon,
Änne und Peter kannten sie vom Telefon.
Lilia übersetzte für sie alle russischen Worte
und begleitete sie an viele verschiedene Orte.

Zwanzig Stunden sind Änne und Peter Bahn gefahren,
bis sie im Heim angekommen waren.
Sie sahen Wladic – ein Kind, das sie nicht selbst geboren,,
und doch hatten sie gleich ihr Herz an ihn verloren.

Wladic sah sie an, er war ganz still dabei,
und dachte: ,Wer sind wohl diese zwei?'
Er lauschte und kannte die Sprache nicht.
Fremd waren ihm auch Ännes und Peters Gesicht.

Er umarmte seine Kinderfrau und lachte laut,
denn sie war ihm ja so sehr vertraut.
Doch sie sagte: „Das sind jetzt deine Eltern dort
Und bald fährst du mit ihnen nach Deutschland fort."

Für Wladic war von nun an nichts mehr wie vorher.
Was war los? Er verstand die Welt nicht mehr.
Eigentlich wollte er nicht aus dem Heim fort,
denn er fühlte sich sehr wohl in seinem Kinderhort.

Doch täglich kamen seine neuen Eltern jetzt,
und haben sich zu ihnen auf den Boden gesetzt.
Sie spielten und schmusten mit dem kleinen Mann;
Erst fand er es seltsam, doch dann gewöhnte er sich dran.

Eines Tages sagte Mama: „Hör mal her mein kleiner Wicht,

sei nicht traurig, aber morgen besuchen wir Dich nicht. "
Ein Richter wird über uns drei entscheiden,
ob wir nun für immer zusammen bleiben. "

Am Tag danach war es dann soweit,
der Richter saß im großen Stuhl im schwarzen Kleid.
Von Änne und Peter wollte sie gar vieles wissen
und prüfte sie auf Herzenswärme und Gewissen.

Dann erhob sie sich und sprach mit leisem Ton:
„Der kleine Wladic ist jetzt euer Sohn!
Haltet es fest euer großes Glück,
denn das Kind gibt eure Liebe vielfach zurück!"

Am Abend gab es Champagner und Kaviar,
weil es ein Glückstag für sie alle war.
Sie herzten Lilia und küssten sie,
und ihre unermüdliche Hilfe vergaßen sie nie.

Im Heim wurde zum Abschied ein Fest gemacht,
die Kinder haben getanzt, gesungen und gelacht.
Doch des Nachts flossen viele Tränen in die Kissen,
von den Kindern, die ihre Eltern immer noch vermissen.

Dann begann die erste Reise in Wladics neuem Leben,
und man sah ihn mit der Nase an der Scheibe kleben.
Häuser, Autos, Flugzeuge, die auf dem Rollfeld stehn –
nein, so etwas hatte er noch nie gesehn.

Auf dem Flughafen warteten Oma und Opa schon
auf ihren neuen kleinen Enkelsohn.
Doch Wladic nahm sie fast gar nicht wahr,
weil er erstaunt nur um sich sah.

Nun wohnt Wladic in Deutschland schon lange Zeit,
und seine russische Heimat ist sehr weit.
Doch sein Heimweh ist schon lange verschwunden,
denn er hat hier sehr viele Freunde gefunden.
Er liebt seine Eltern und auch sie lieben ihn sehr,

deshalb sind seine Augen auch nicht mehr so leer.
Er ist so glücklich seit über einem Jahr
Und erinnert sich kaum wie's früher mal war

Und manchmal, wenn bei Sonne der Himmel weint,
über den Bergen ein Regenbogen erscheint.
Dann sieht man die drei am Fenster stehn
und in eine glückliche Zukunft sehn.

Änne las ihre Verse nochmals durch und legte das Blatt zur Seite. Ja, so gefiel es ihr. Jetzt musste nur noch jemand die Bilder dazu malen. Ihre Mutter Hanna hatte eigentlich ein Händchen dafür, aber ob sie dafür Zeit hatte? Na – das würde sich schon finden.

Ansonsten ging das alltägliche Leben weiter. Änne ging wieder an zwei Nachmittagen arbeiten. Peter machte dann früh Feierabend und beschäftigte sich mit dem kleinen Mann bis Mama wieder da war. Wenn Alexander sie abends die Tür aufschließen hörte, rannte er sofort zu ihr, drückte sie und sagte: „Misst!" (Ich habe Dich vermisst). Das waren Momente für Änne, die sie unbeschreiblich schön fand und sie sehr sehr glücklich machten. Der Mittwoch Abend gehörte Änne nach wie vor ganz allein, denn da war Probe vom Frauen- und Mädchenchor, dem Änne angehörte. Sobald sich zu Hause alles eingespielt hatte, hatte Änne wieder an den allwöchentlichen Proben teilgenommen. Zwar war sie etwas müder als vorher und die Chorleiterin musste so manches Mal lachen, wenn sie zum x-ten Mal gähnen musste. Aber sie hatte Verständnis: Ein Leben mit Nachwuchs hinterließ eben seine Spuren. An einem Mittwoch Abend Ende Juni – der Chor studierte gerade „Oh come let us sing" ein, als es plötzlich an der Tür klopfte. „Herein," rief die Chorleiterin überrascht. Wer kam denn jetzt noch so spät? Alle schauten gespannt zur Tür.

Auf einmal schaute Ännes Freundin Conny um die Ecke. Sie winkte Änne heraus. Änne wurde blass. Was war da nur

passiert? Schnell verließ sie den Raum und sah die Freundin angstvoll an: „Was ist passiert?" stieß sie aufgeregt hervor.
„Bleib ganz ruhig, es ist nichts Schlimmes," versuchte Conny sie zu beruhigen. „Alex ist mit dem Kopf auf einen Blumentopf geschlagen. Ich habe es mir schon angesehen – so wie ich das sehe, ist das nicht schlimm." Während sie nach unten zum Auto liefen, hatte Änne die schlimmsten Bilder vor Augen. Blutüberströmt – vielleicht mit einer Gehirnerschütterung?

Doch als sie ins Wohnzimmer kamen, thronte der Präsident am Tisch. Es war fast so als wäre nichts passiert. Doch als sie die Wunde an seiner Stirn sah, wusste sie, warum Conny sie geholt hatte. Das sah wirklich gefährlich aus. Zwar hatte es kaum geblutet, aber einer riesige Beule leuchtete ihr entgegen. Ein großes Stückchen Haut hatte sich gelöst - das würde eine schöne Narbe werden. Tja - und der Blumentopf? Der war bei dem Zusammenstoß kaputtgegangen. „Er hat wirklich einen ganz schön harten Schädel," sagte Peter und konnte schon wieder lachen, obwohl ihm der Schreck noch ganz schön in den Knochen saß. „Na ja – wie war das? Der Klügere gibt nach?"

In dieser Nacht waren Peter und Änne sehr unruhig und gingen immer wieder in Alexanders Zimmer um zu schauen, ob er ruhig schlief. Und das tat er. Es war wirklich fast so als wäre nichts passiert.
Am nächsten Morgen bekam er vom Arzt noch ein Klammerpflaster und dann war das ganze schon fast vergessen. Nur der große rote Fleck, der nach und nach verblasste, erinnerte noch lange an den spektakulären Sturz.

Ende gut, alles gut

Der nächste Termin zur Blutabnahme für eine Serologie war der 27. Juni. Nach drei Wochen erkundigte sich Änne nach den Ergebnissen, aber anscheinend dauerte es diesmal länger als sonst.

Als sie nach fünf Wochen nochmals nachfragte, sagte der Kinderarzt, er hätte noch immer keine Unterlagen von der Kinderklinik zugeschickt bekommen.

Nach sechs Wochen machte Änne einen Termin bei Dr. Krüger. Der Kinderarzt schüttelte den Kopf, als Änne sich vor seinen Schreibtisch setzte. „Ich verstehe das auch nicht. Ich habe vor ein paar Tagen nochmals mit der Klinik telefoniert. Sie sagten mir, dass sie Ergebnisse eingegangen wären, die Akte aber nicht auffindbar sei."

„Das ist ja wirklich merkwürdig, wie kann denn in einer Klinik eine Patientenakte verschwinden?" fragte Änne. Seltsamer Weise hatte sie kein schlechtes Gefühl, was die Sache anging, denn die Erfahrung hatte gezeigt, dass, wenn etwas Schlimmes passiert wäre, die Kinderklinik sie mit Sicherheit schon längst in Kenntnis gesetzt hätte. Vielleicht gab es ja sogar positive Nachrichten.

„Ich rufe eben noch mal schnell in der Klinik an und frage nach." Schon wählte er die Nummer und wartete, bis sich jemand meldete.

„Dr. Krüger, ich hatte schon mehrmals nach der Akte Alexander Weissenburg gefragt........ Ah ja........mmmmh...... gut, dann faxen sie mir das Ergebnis bitte rüber."

Änne sah den Arzt gespannt an.

„Die Akte lag bei Frau Dr. Lange zur Einsicht," sagte Dr. Krüger. „Deshalb haben sie die Unterlagen nicht gefunden. Sie schicken uns die Ergebnisse gleich per Fax."

Während er sprach, konnte Änne vorne im Flur das Faxgerät piepsen hören. Das Fax war also schon unterwegs.

Auch Dr. Krüger hatte es gehört und sprang sofort auf. Kurze Zeit später kam er – das Fax lesend – wieder zurück ins Behandlungszimmer.

Änne nahm Alexander auf den Schoß und begrub ihre Nase in seine Haare. Ängstlich und gleichzeitig zuversichtlich sah sie den Mediziner an. Er lächelte.

„Das sieht ja gut aus," rief er erfreut aus. „Die Viren im Blut vermehren sich nicht mehr und Alexanders Blutwerte zeigen eine Tendenz in Richtung Heilung an."

„Das ist ja super," jubelte Änne. Sie drückte ihren Sohn an fest an sich und küsste ihn von hinten auf die Wange. „Ich wusste, dass du gesund wirst," sagte sie zu ihm.

„Das kann man so noch nicht sagen," dämpfte Dr. Krüger ihre Freude. „Alexander ist über sein Blut immer noch ansteckend. Die Anzahl der Viren steigt zwar nicht mehr an, aber sie sind noch im Blut vorhanden. Es kann jederzeit eine Rückentwicklung oder einen Stillstand geben. Das kann man zum jetzigen Zeitpunkt leider noch nicht definitiv sagen."

„Auf jeden Fall ist es ein Schritt in die richtige Richtung," sagte Änne, die sich die Freude nicht verderben ließ.

„Das stimmt," meinte der Arzt abschließend, „wir warten jetzt noch mal ein halbes Jahr bis zur nächsten Serologie, dann hat sich sicherlich schon etwas getan."

„Gut, dann vielen Dank und tschüß," Änne drückte Dr. Krüger fest die Hand.

‚Wieder so lange warten," dachte Änne ungeduldig und rechnete sich im Geiste schon den nächsten Termin aus. ‚Das wäre dann der 27. Dezember. Besser wäre der 27. November,' war Ännes Gedanke, ‚denn da hat Conny Geburtstag – das müsste doch eigentlich Glück bringen.'

Zu Hause freute sich Peter sehr über die gute Nachricht und drückte seine zwei Lieben an sich. „Ich habe immer gewusst, dass alles gut wird," sagte er zuversichtlich.

„Ja, ich weiß," antwortete Änne mit einem tiefen Seufzer, „der Regenbogen!"

In den nächsten Wochen und Monaten machte Alexander wiederum große Fortschritte. Er sprach immer besser und konnte sich sogar am Telefon schon ganz gut verständigen. Es machte Änne und Peter richtig Spaß ihm zuzuhören.

Während Änne arbeitete, ging Peter mit ihm zu einer Mutter-Kind-Turn-Gruppe, bei der er sehr viel lernen konnte. Er hatte anfangs etwas Probleme gehabt Treppen zu steigen und war insgesamt sehr steif. Aber schon nach kurzer Zeit kletterte er wie ein Äffchen. Schaukeln liebte er besonders. Stundenlang konnte er – wenn er jemanden fand, der ihm Anschwung gab – an diesem Lieblingsplatz verweilen.

Eine seiner größten Leidenschaften war das Puzzeln. Er war gerade zwei geworden, da konnte er schon 40-Teile-Puzzle ganz allein bewältigen. Auch Spiele, die für 4-jährige gedacht waren, spielte er wie ein Großer.

Dafür hatte er Probleme mit den Farben. Als viele andere Kinder schon Farben kannten, kannte er lediglich rosa und orange.

Da er sehr oft auf den Zehenspitzen ging, suchte Änne mit Alexander verschiedene Ärzte auf. Insgesamt kam man aber zu dem Ergebnis, dass das kein großes Problem darstellte. Nach 20 Terminen bei einer Krankengymnastin und anderen Schuhen verbesserte sich sein Gang um einiges.

Alles in allem war es so, als wäre Alexander schon immer bei Änne und Peter gewesen. Sie konnten sich schon lange nicht mehr vorstellen, wie es jemals ohne ihn gewesen war.

Im Herbst fuhren sie in ihren ersten gemeinsamen Urlaub. Sie hatten ein Haus in Dänemark ausgesucht, in dem die drei sich pudelwohl fühlten. Als sie das Haus das erste Mal betraten, rannte Alexander sofort in alle Zimmer und die vielen oh's und ah's ließen darauf schließen, dass ihm das Haus sehr gut gefiel. Es war ja schließlich auch modern eingerichtet und es fehlte wirklich an keiner technischen Raffinesse.

Das Wetter war trotz der Jahreszeit so gut, dass sie zeitweise in Badesachen hinter dem Haus in der Sonne sitzen konnten.

Es gab einen Whirlpool, eine Sauna, einen Brenne-Ofen und ein Solarium. Besonders die Sauna und der Whirlpool hatte es Alexander angetan. Schließlich waren daran so viele tolle Knöpfe, die man an und ausschalten konnte.

„Alexander," sagte Peter zu ihm eines Abends. „Lass die Knöpfe in Ruhe." Doch Alexander ließ sich nicht stören.

„Alexander, bleib von den Knöpfen davon," rief Peter etwas lauter. Doch Alexander war so fasziniert von der Apparatur, dass er seinen Papa ignorierte. Als Peter ihn zum dritten Mal – schon ziemlich laut – anwies, die Knöpfe nicht mehr zu drücken, sah Alexander ihn an.

Da nahm er Rudolph – sein Rentier aus Frottee - und begann mit seiner Pfote auf den Knöpfen herum zu drücken. Bevor Peter irgendetwas sagen konnte, sah Alexander sein Rentier an und sagte vorwurfsvoll: „Rudolph!!!"

Ja, ja, der böse Rudolph.

In der ersten Woche waren sie jeden Tag am Strand und gingen spazieren, buddelten im Sand oder ließen ihre Drachen steigen. Das war auch für Peter und Änne ein riesiger Spaß.

Wenn es abends wieder zurück ging, verabschiedete sich der kleine Mann immer artig vom Wasser und sagte: „Tschüss, Wasser."

Alexander war ein kleiner Schelm und mit ihm hatten alle immer viel Spaß. Seine trockenen Kommentare, die er dann und wann von sich gab, waren oft zum kaputt Lachen.

Als er das erste Mal im Haus in den Abstellraum ging, stand dort ein Staubsauger und ein Kehrblech mit Besen. Er sah es und sagte: „Mama, saubermachen!" Soviel zur Arbeitsteilung.

In der zweiten Woche bekamen sie Besuch von Karin und Adrian. Zwar war das Wetter nicht mehr ganz so toll wie in den ersten Tagen, dafür fuhren sie dann ins Schwimmbad, sammelten Bernstein und erkundeten die Insel.

An den Abenden saßen sie lange zusammen und erzählten sich Geschichten von früher.

„Es gibt schon seltsame Begebenheiten. Manchmal denkt man – solche Zufälle gibt es nicht," sagte Peter gerade.

Haben wir euch schon mal die Geschichte erzählt, die Ännes Eltern auf Madeira passiert ist?"

„Nein, ich glaube nicht," antwortete Karin gespannt. „Erzählt mal."

„Vor einigen Jahren waren sie das erste Mal auf Madeira. Die Insel hat ihnen sehr gut gefallen, vor allem, weil man dort besonders gut wandern konnte. Sie waren im Mai dort, da war es für Touren im Inland ideal. Eines Tages haben sie eine Wanderung gemacht, die sie an eine Gabelung führte.

Wie das in südlichen Ländern so ist, war nicht ausgeschildert, in welche Richtung die Route weiterführte. Sie entschieden sich nach langen Diskussionen für eine Richtung, die sich dann auch als richtig erwies. Trotz der Unklarheiten in der Wegbeschreibung hatte ihnen die Tour sehr gut gefallen und so beschlossen sie, gegen Ende des Urlaubs den Weg nochmals zu gehen und die Videokammara mitzunehmen."

Adrian schenkte sich ein Bier ein und Karin bediente sich an dem Schüsselchen mit Gummibärchen. Sie hörten Peter gespannt zu.

„Als sie dann an die unbeschilderte Kreuzung kamen, sahen sie schon von weitem ein älteres Ehepaar," fuhr Änne fort. „Sie standen etwas ratlos da und wussten nicht wie es weiter ging.

Als meine Schwiegereltern darauf zu kamen, stellte sich heraus, dass sie den gleichen Weg suchten, wie Stefan und Hanne am Anfang des Urlaubs. Es ging vorbei an schönen Häuschen mit wunderschönen Vorgärten, bis aus einem solchen ein Hund heraussprang, die meine tierliebe Hanne sogleich mit einem Brötchen verköstigte.

Daraufhin sprach eine deutsche Stimme über den Zaun: Das ist aber nett, dass sie meinen Hund füttern. Wie sich im Gespräch ergab, hatte diese deutsche Frau einen Einheimischen geheiratet und wohnte seit einigen Jahren dort in der Einöde. Ein Wort gab das andere, der Garten wurde bewundert und sie erzählte, dass die schönste Blütezeit an ihrem großen Geburtstagsfest im Februar gewesen sei.

Auf Nachfragen meines Schwiegervaters stellte sich heraus, dass sie ebenso wie er am 12. Februar geboren war. Das war natürlich eine Überraschung.

„Ja, das ist wirklich ein Zufall," sagte Karin begeistert.

„Warte ab," sagte Peter. „Die Geschichte ist noch nicht zu Ende."

Karin und Adrian machten erstaunte Gesichter. Was sollte denn jetzt noch passieren?

Änne und Peter genossen die Pause, in denen sie die zwei Neugierigen zappeln ließ.

„Sie standen also im Vorgarten, es wurde gelacht und gescherzt und freuten sich über den witzigen Zufall," führte Änne die Geschichte fort. Nur das Ehepaar, das sich meinen Eltern auf dem Weg angeschlossen hatte war seltsam schweigsam. Plötzlich räusperte sich der Mann und sagte mit belegter Stimme: ‚Ich wage es ja gar nicht zu sagen, aber ich bin auch am 12. Februar geboren.'

Alle sahen ihn ungläubig an und dachten zunächst an einen dummen Scherz. Und so wurden alle Pässe auf den Tisch gelegt und tatsächlich: Die Geburtsdaten waren alle gleich."

Sie machte eine Pause und sah in die fassungslosen Gesichter ihrer Freunde. „Das ist nicht wahr, oder?" fragte Adrian.

„Doch, die Geschichte ist wirklich wahr," fuhr Änne fort. „Es gab ein Riesen Hallo – man stelle sich das vor: Am anderen Ende der Welt treffen fünf Leute aufeinander – und drei davon haben am gleichen Tag Geburtstag.

Die Hausbesitzerin holte einen Wein aus dem Keller und bat ihre Gäste ins Haus und so wurde auf dieses ungewöhnliche Ereignis angestoßen. Und wenn mein Vater das nicht alles mit seiner Kamera gefilmt hätte, ich weiß nicht, ob ich die Geschichte geglaubt hätte.

„Unglaublich," Karin und Adrian konnten es kaum glauben. Gab es solche Zufälle wirklich?

Die Urlaubstage vergingen viel zu schnell. Es war rundum herrlich. Und das allerschönste war, dass Änne und Peter einmal beide zusammen Zeit für ihren kleinen Sohn hatten – und das macht eben einen Urlaub mit Kind zu etwas ganz Besonderem.

Kurz nachdem sie wieder zu Hause waren, sollte Alexander getauft werden. Einige Wochen vorher war die Pfarrerin Frau Vogel zum Taufgespräch bei ihnen zu Hause gewesen. Alexander war noch auf, als sie kam. Sie sah ihn und dachte – wie sie später berichtete – ‚das ist ja mal ein Kind, was seinen Eltern wirklich außergewöhnlich ähnlich sieht.

„Wo ist denn das Neugeborene?" fragte sie während sie ins Wohnzimmer ging.

„Das ist das Kind, das getauft werden soll," antwortete Peter und zeigte auf Alexander, der gerade aus seinem Zimmer kam. Die Pfarrerin machte ein erstauntes Gesicht.„Warum lassen sie ihn denn jetzt erst taufen?" wollte sie dann wissen.

„Weil wir ihn erst im Januar adoptiert haben," erklärte Änne.

„Das ist nicht ihr leibliches Kind?" staunte Frau Vogel. „Das hätte ich ja niemals gedacht. Ihr Kind sieht ihnen wie aus dem Gesicht geschnitten."

„Ja, das sagen viele Leute," lachte Peter. „Sie sagen alle, er sähe aus wie ich. Ist doch erstaunlich. Ein Fremder würde niemals darauf kommen, das könne nicht unser leibliches Kind sein."

„Ja wirklich unglaublich. Das interessiert mich sehr, erzählen sie mir doch mal wie das alles war!" bat die Pfarrerin.

Und so begannen Änne und Peter abwechselnd die Geschichte der Adoption zu erzählen.

Fasziniert hörte Pfarrerin Vogel zu und unterbrach sie nur, um noch weitere Fragen zu stellen.

„Im Geiste weiß ich schon, wie ich die Predigt halte und unter welchem Motto diese Taufe für mich stehen wird. Die Adoption wird zentraler Punkt der Taufe sein – und ich werde einen Vergleich ziehen zwischen ihrer Adoption und der Annahme der Gläubiger von Gott. Das ist nämlich auch wie eine Adoption," erklärte Frau Vogel anschließend und war in Gedanken schon in der Ausarbeitung ihrer Predigt.

Noch lange saß sie mit Änne und Peter zusammen, trank mit ihnen ein paar Gläschen Wein und als sie ging hatten Änne und Peter das Gefühl, dass sie sich bei ihnen sehr wohl gefühlt hatte.

Der Taufgottesdienst wurde wunderschön.

Alexander machte seiner „Sonderstellung" alle Ehre. Er flitzte hin und her, bestieg die Kanzel und saß nur kurzzeitig still, um bei Conny auf dem Schoß in einem Bilderbuch zu lesen.

Als Änne „Alexanders Lied" sang und mit der Gitarre begleitete, war es mucksmäuschen still in der Kirche – und sogar Alexander hielt inne, um dem der Stimme seiner Mutter zu lauschen.

Nach dem Gottesdienst hatte Änne russisch und ukrainisch gekocht. Es gab Bortsch, Soljanka und natürlich Wodka.

Ein unvergesslicher Tag!

Der Herbst ging vorbei und der erste Frost hielt Einzug. Vereinzelt hatte es bereits Schnee gegeben und Alexander liebte die glitzernden kleinen Flocken, die die Beete zudeckten und den Tannen einen Hauch von Weihnachten verliehen.

Doch bis dahin war noch ein wenig Zeit.

Am 27. November, an Connys Geburtstag, mussten Änne und Alexander nochmals - in großer Hoffnung auf eine positive Veränderung - zum Blutabnehmen in die Kinderklinik.

Diesmal wartete Änne vier Wochen, bis sie beim Kinderarzt nach dem Ergebnis fragen wollte.

Aber zunächst war wieder einmal ein Treffen mit allen Adoptiveltern – und auch Lilia war da.

Ach, wie schön war es sie wieder zu sehen. Es war, als wäre die Zeit stehen geblieben. Sie sah so aus, wie sie sie in Erinnerung hatten – so einfach, so schön und so lieb.

Alle Familien wollten mit ihr sprechen und sie hatte alle Mühe für jeden ein wenig Zeit zu erübrigen.

„Was macht denn die Hepatitis?" wollte sie von Peter und Änne wissen.

„Ich muss das Ergebnis von der letzten Blutuntersuchung noch erfragen," antwortete Änne. „Aber beim letzten Mal war eine positive Entwicklung zu sehen."

„Ich glaube, dass alles gut wird," sagte Lilia und nahm Alexander auf den Arm. Der schaute sie erstaunt an. Er sah aus als würde er sagen wollen: ‚Irgendwie kommt sie mir bekannt vor, aber woher bloß?' Lilia schaute ihn liebevoll an.

„Man sieht richtig, dass es ihm gut geht. Und groß ist er geworden – aber er ist immer noch der Präsident, oder?"
„Na klar, alle lieben ihn und er wird überall hofiert. Wir müssen aufpassen, dass er nicht eingebildet wird," sagte Peter aus Spaß. „Er ist übrigens 20 cm im letzten halben Jahr gewachsen. Dafür hat er wenig zugenommen – guck bloß mal wie dünn der kleine Mann ist."
„Das stimmt," lachte Lilia. „Vor allem, wenn man bedenkt, wie moppelig er noch vor einem Jahr war."

Den ganzen Nachmittag waren die vielen Kinder aus der Ukraine wieder zusammen. Zwar kannten sich die wenigsten, aber dennoch: Es gab kein Gezanke und kein Geschrei – sie waren wie eine große Familie.
Am frühen Abend kam dann der Weihnachtsmann mit einem Schlitten und brachte für jedes Kind ein Geschenk.
Als Lilia sich am späten Abend verabschiedete, winkten Änne, Peter und Alexander ihr noch lange hinterher.
Wie schön war es gewesen, sie wieder zu sehen.

Drei Tage vor Weihnachten bekam Alexander Fieber. Lange hatte er sich gegen die Grippe gewehrt, die Änne und Peter schon seit einigen Wochen erfolglos bekämpften.
Gleich am frühen Morgen fuhr Änne mit ihm zu Kinderarzt, damit er ihnen etwas gegen das Fieber aufschreiben sollte.
Als Dr. Krüger ins Behandlungszimmer trat lachte er Änne an.
Ihr Herz machte einen Sprung.
Noch wusste sie nicht, wie das Blutergebnis ausgefallen war.
Aber so wie er lachte, konnte das nur Gutes bedeuten.
„Ich wollte sie schon anrufen, wir haben nämlich gute Nachrichten," sagte er und strahlte über das ganze Gesicht.
Auch Änne begann zu strahlen.

144

„Ich habe keinen Mut gehabt sie anzurufen und habe es immer wieder rausgezögert," gestand sie. „Wie ist denn das Ergebnis?" fragte sie dann.

„Der Virus ist aus dem Blut verschwunden und Alexander hat den letzten Antikörper gebildet," freute sich der Arzt und drückte Änne die Hand.

Änne warf ihren Sohn hoch in die Luft und rief: „Alexander, du bist ganz gesund. Ist das nicht wunderbar?"

Alexander guckte verdutzt zwischen seiner Mutter und dem Arzt hin und her.

„Ja, das ist wirklich ein Grund zur Freude, vor allem, wenn man bedenkt, wie selten eine Hepatitis B bei Kindern ausheilt," betonte der Mediziner.

„Es ist einfach super," Änne kam gar nicht über die gute Nachricht hinweg, herzte und küsste ihren Sohn unentwegt, bis es ihm zu viel wurde und er sich lautstark dagegen wehrte.

„Ich wünsche Ihnen ein schönes Weihnachtsfest," verabschiedete sich Dr. Krüger.

„Gleichfalls," antwortete Änne. „Und vielen vielen Dank für die gute Betreuung und – wir werden dieses Jahr ein wunderbares Weihnachten haben. Es fehlt nur noch der Schnee."

Beschwingt fuhr sie nach Hause und rief sofort Peter an.

„Er ist gesund," jubelte sie statt einer Begrüßung.

„Das ist ja unglaublich," stimmte Peter in ihre Freude mit ein. „Nachher, wenn ich nach Hause komme, dann feiern wir drei. Gib ihm schon mal einen Kuss von mir."

„Mache ich, bis später."

Dieses Weihnachten war in jeder Hinsicht ein besonderes Fest: Es war das erste Weihnachten mit Alexander, diesem wunderbaren Kind, ohne dass sie sich ein Leben nicht mehr vorstellen konnten.

Und nach einer Zeit voller Angst und Hoffnung war das Wunder geschehen, dass sie sich so sehr gewünscht hatten: Zum Fest der Liebe war Alexander gesund geworden.

Und dann – einen Tag vor dem Heiligen Abend – begann es zu schneien. Es schneite und schneite bis alle Straßen, alle Gärten, alle Bäume und alle Häuser weiß waren.

An den Fenstern sah man Eisblumen – es war, als wäre die Welt verzaubert.

Am späten Nachmittag stapften die drei durch den hohen Schnee zu der Kirche, dessen schiefen Kirchturm sie durch ihr Wohnzimmerfenster sehen konnten. Hinter den Fenster der Nachbarhäuser sahen sie Tannenbäume leuchten und sie hörten die Glocken läuten und es war ihnen so seltsam zumute.

So festlich, so glücklich und so dankbar.